Alice à la réserve des oiseaux

SÉRIE *ALICE*
DANS LA BIBLIOTHÈQUE VERTE

Alice et les cerveaux en péril
Alice et la malle mystérieuse
Alice au Canada
Alice chez les Incas
Alice et les marionnettes
Alice au ranch
Alice et la rivière souterraine
Alice et le diadème
Alice et les Hardy Boys : super-détectives
Alice et l'œil électronique
Alice et le violon tzigane
Alice et l'ancre brisée
Alice et les chats persans
Alice et la diligence
Alice et les diamants
Alice et la bague du gourou
Alice et la réserve des oiseaux
Alice et le cheval volé
Alice et les magiciens

Caroline Quine

Alice à la réserve des oiseaux

Traduit de l'américain par Anne Joba

Illustrations de Philippe Daure

HACHETTE

L'ÉDITION ORIGINALE DE CE ROMAN A PARU
EN LANGUE ANGLAISE CHEZ GROSSET & DUNLAP,
NEW YORK, SOUS LE TITRE :
THE DOUBLE JINX MYSTERY.

Hachette Livre, 43 quai de Grenelle, 75015 Paris.

Chapitre 1

Alerte à la bombe

Alice Roy était assise, jambes croisées, sur le divan. Marion Webb réfléchissait, accroupie sur le tapis ; quant à Bess Taylor, la cousine de Marion, installée en travers d'un fauteuil, elle balançait ses jambes par-dessus l'accoudoir.

« Reprenons une par une les différentes données de ce mystère, proposa Alice, une ravissante jeune fille de dix-huit ans, aux yeux bleus et aux cheveux d'or roux.

— Excellente idée, approuva Marion dont les cheveux bruns coupés très court accentuaient l'allure de garçon manqué. En fait tu nous as seulement dit que ton père s'était vu confier l'étrange tâche de désenvoûter un homme.

— Comment un avocat — ou quiconque d'ailleurs — pourrait-il y parvenir ? demanda Bess, jolie blonde potelée. Je croyais que lorsqu'un mauvais sort avait été jeté à une personne la malchance la poursuivait toute sa vie. »

Elle pivota et lança ses jambes sur l'autre accoudoir.

« En tout cas, déclara-t-elle, j'espère bien ne jamais m'attirer les foudres d'un sorcier !

— Soyons sérieuses, intervint Alice. Un inconnu a menacé papa par téléphone : il lui a ordonné de renoncer à cette affaire sous peine d'être à son tour victime d'une malédiction.

— C'est d'un ridicule achevé ! explosa Marion. Il va de soi que ton père se moque de pareilles fariboles !

— Il n'est pas superstitieux, répondit Alice, toutefois cela n'a pas l'air d'une plaisanterie. L'inconnu a lancé une menace qu'il entend mettre à exécution sous une forme ou sous une autre. »

Le client de maître Roy, un certain Oscar Thurston, demeurait à quelques kilomètres de Harper. Depuis quelque temps, il était harcelé de tous côtés et il s'était finalement décidé à consulter un avocat.

« C'est parce qu'il refuse de vendre sa propriété, expliqua Alice. Il s'agit d'une ferme très particulière : une sorte de jardin zoologique miniature avec des grandes volières où sont enfermés des oiseaux rares. Très beaux, m'a dit papa. »

Marion fronça les sourcils.

« S'il ne veut pas vendre, libre à lui. Rien ne l'y oblige. Que vient faire là-dedans cette histoire de mauvais sort ?

— Une société immobilière est résolue à acquérir ses terres et à y construire des immeubles dans le cadre d'un vaste ensemble, répondit Alice. Le directeur de cette société a demandé au maire de Harper et à ses conseillers de faire exproprier M. Thurston. »

Ce fut au tour de Bess de s'indigner.

« C'est scandaleux ! M. Thurston ne peut-il s'y opposer ?

— Papa a pris ses intérêts en main, répondit Alice. Malheureusement il a beaucoup d'autres clients et n'a pu encore mener une enquête approfondie. »

Marion eut une moue amusée.

« Si je comprends bien, tu nous as fait venir, Bess et moi, pour te servir d'assistantes au cas où ton père te demanderait d'élucider le mystère du jeteur de sorts.

— Tu es d'une perspicacité surprenante ! » fit Alice en riant.

Le timbre de la sonnette de l'entrée interrompit leur conversation. Alice dévala l'escalier, traversa en courant le vestibule et ouvrit la porte. Personne.

« Papa s'est peut-être fait livrer un colis à domicile », se dit la jeune fille, néanmoins un peu surprise de la disparition du livreur.

Elle s'avança sur le perron. Pas le moindre paquet en vue.

De plus en plus intriguée, elle promena son regard alentour. Tout à coup, elle aperçut un oiseau à l'aspect curieux. Il se tenait immobile au milieu de la pelouse du jardin ; il mesurait environ vingt centimètres de long ; il avait la poitrine mouchetée, un plumage où se mêlaient différentes nuances de blanc, de brun et de gris, une longue queue duveteuse. Mais le plus surprenant était son cou, tordu en arrière.

Inquiètes de l'absence prolongée d'Alice, Bess, Marion et Sarah, la gouvernante, la rejoignirent. Sarah tenait le ménage de M. Roy, avocat renommé de River City, depuis la mort de sa femme, survenue alors qu'Alice n'avait que trois ans. Elle avait elle-même élevé la petite fille.

« Qui a sonné ? s'enquit-elle.

— Je ne sais pas, répondit Alice. Sans doute celui ou celle qui a déposé cet oiseau. »

Elle s'avança sur la pelouse, se pencha et éclata de rire.

« Il est empaillé !

— Empaillé ? répéta Bess. Qui a pu avoir l'idée saugrenue de laisser ici ce... ce... au fait qu'est-ce que c'est ? »

Depuis un certain temps, Sarah se passionnait pour l'ornithologie. Elle passait des heures plongée dans l'étude de planches représentant des oiseaux, et commençait à s'y connaître assez bien.

Aussi annonça-t-elle fièrement :

« C'est un pic appartenant à une variété peu connue dans nos régions : le torcol. Il est originaire du Moyen-Orient. »

Marion examina de près l'oiseau.

« Il ne ressemble certes pas aux pics de nos bois. Mais pourquoi la personne qui l'a apporté s'est-elle enfuie aussitôt ?

— On utilisait les torcols pour jeter des sorts, poursuivit Sarah.

— Des sorts ? » répéta Alice, surprise.

Elle reposa vivement l'oiseau, et courut vers la maison en criant :

« Il est peut-être piégé ? Je vais téléphoner à la police. »

Quelques minutes plus tard, une voiture de police arrivait. Quatre hommes en descendirent. Deux d'entre eux, Mercer et Zender, appartenaient à la brigade de déminage. Ils examinèrent l'oiseau à l'aide de leurs instruments spéciaux. À distance prudente, les jeunes filles et Sarah attendaient le résultat.

« Non, il n'y a rien de suspect, dit enfin Mercer. Qui, selon vous, a pu placer cet oiseau sur la pelouse ? »

Alice secoua la tête.

« Je n'en ai pas la moindre idée. On a sonné à la porte d'entrée. Je suis allée ouvrir et je n'ai vu personne. »

Elle marqua une pause avant de reprendre.

« Les torcols servaient à ensorceler les gens superstitieux, dit-on.

— C'est exact, répondit Mercer. La question qui se pose est la suivante : cet oiseau empaillé a-t-il été mis là à titre d'avertissement ? et à qui s'adresse cet avertissement ? »

Regardant Alice droit dans les yeux, il ajouta :

« Votre père se serait-il fait des ennemis dernièrement ? »

Alice estima ne pas être en droit de parler de la nouvelle affaire dont s'occupait son père, ni du coup de téléphone inquiétant qu'il avait reçu.

« Vous connaissez mon père et son opiniâtreté, se borna-t-elle à dire. Quand, pour assurer la défense d'un client, il se met en quête de la vérité, il ne manque pas de se créer des ennemis dans le camp adverse. »

Mercer voulut encore savoir si, par hasard, cette farce n'aurait pas été imaginée par un de leurs amis. Mais là, Alice fut formelle : une idée aussi stupide ne leur aurait pas traversé l'esprit. En outre leurs études les retenaient loin de River City durant la semaine.

N'ayant plus rien à faire chez les Roy, les policiers se retirèrent. Une fois seules, Alice et ses amies examinèrent le torcol.

« Que comptes-tu faire de cet oiseau, Alice ? demanda Sarah.

— Je vais téléphoner à papa. Il voudra sans doute le voir. »

Elle appela M. Roy qui se montra aussi déconcerté que les jeunes filles. Dans quelle intention avait-on apporté cet oiseau empaillé ? Après avoir réfléchi un moment, il décida :

« Garde-le. Je suis persuadé que tu ne tarderas pas à en retrouver le propriétaire. En attendant j'ai du travail pour toi. Pourrais-tu joindre Bess et Marion et les prier de se rendre avec toi à la ferme de M. Thurston ? »

Alice éclata de rire.

« Elles sont auprès de moi. Si tu le désires, nous nous mettons en route tout de suite. Je serai ravie de faire la connaissance de M. et Mme Thurston. Quelles sont tes instructions ? »

M. Roy souhaitait qu'elle inspectât soigneusement la propriété à la recherche de la moindre chose suspecte. Il craignait des entreprises clandestines de la part de la société immobilière.

« Cette société jouit d'une réputation honorable auprès des bailleurs de fonds. Cependant j'aimerais que tu t'assures que des repères n'ont pas été placés dans les champs, sur les barrières ou sur les arbres.

— Voilà une mission qui ne sera pas difficile à accomplir, répondit Alice. À ce soir, papa. »

La jeune fille transmit à ses amies la requête de son père.

« Pouvez-vous m'accompagner ? conclut-elle.
— À tes ordres », répondit Marion.

Elles s'entassèrent toutes trois à l'avant du cabriolet d'Alice.

« Parle-nous un peu de ce zoo », dit Bess tandis qu'elles roulaient vers la ferme.

Alice ne l'avait jamais visitée, mais la perspective de voir détruire une réserve d'oiseaux rares et chasser des gens de leur maison l'exaspérait.

« Papa m'a raconté qu'enfants et adultes viennent de plusieurs kilomètres à la ronde admirer les animaux de ce zoo miniature. Les jours de congé les visiteurs affluent. Ce serait vraiment dommage de priver les gens d'une telle distraction.

— De qui dépend la décision ? demanda Marion.

— Du conseil municipal, je suppose, répondit Alice. Les conseillers ont déjà été entrepris par la direction de la société immobilière ; elle s'efforce de les convaincre de voter l'expropriation des Thurston en arguant de la nécessité de construire de nouveaux logements. »

Marion serra les mâchoires.

« Je parie que ladite direction n'hésiterait pas à proposer des pots-de-vin ? »

Bess lança un regard désapprobateur à sa cousine.

« Pourquoi toujours mettre en doute l'honnêteté des gens ? Qu'en penses-tu, Alice ? »

La jeune détective sourit.

« N'oublie pas les termes de la loi : tout coupable est présumé innocent. »

Marion garda le silence.

Alice guettait les écriteaux le long de la route.

Enfin, elle s'engagea dans une rue de Harper au bout de laquelle une grande pancarte annonçait :

Zoo et volières d'Oscar Thurston.
Entrée de 10 à 12 heures et de 14 à 18 heures.

Une avenue ombragée menait à la maison de maître et aux divers bâtiments. Alice gara la voiture. Les trois jeunes filles en descendirent.

« Comme c'est beau ! » s'exclama Bess.

À une centaine de mètres de la ferme, de style ancien, s'alignaient de grandes cages grillagées.

« Si nous allions voir les oiseaux avant de nous présenter ? » proposa Bess.

Alice et Marion y consentirent et elles se dirigèrent vers la dernière cage. Elles en approchaient quand Alice étouffa un cri.

« Qu'y a-t-il ? demanda Bess.

— Regarde cet homme, murmura Alice. Il est en train de couper les fils de fer avec des cisailles.

— Les oiseaux vont s'envoler ! s'exclama Marion. Le trou est déjà grand !

— Vite ! Arrêtons ce sabotage », s'écria Alice.

Elle s'élança. Au même moment, l'homme leva la tête, la vit et, prenant ses jambes à son cou, s'enfuit à travers champs avec les cisailles.

« Attrapons-le ! cria Alice. Marion, viens avec moi. Toi, Bess, essaie de boucher le trou pour que les oiseaux ne partent pas. »

Et la chasse à l'homme commença.

Chapitre 2

Un oiseau de mauvais augure

Alice et Marion eurent beau se dépêcher, l'inconnu aux cisailles les sema sans peine. Il semblait connaître parfaitement le terrain alors que les jeunes filles devaient sans cesse regarder où elles mettaient les pieds, sous peine de s'étaler sur le sol rugueux. Enfin, elles s'arrêtèrent à bout de souffle, le visage empourpré par l'effort.

« Il nous a échappé ! » s'exclama Marion avec dépit.

Alice ne se laissait pas abattre.

« Nous serons du moins en mesure de fournir une bonne description de ce personnage, dit-elle avec son optimisme coutumier. Long nez en lame de couteau, petits yeux perçants...

— ... barbe rousse très fournie..., coupa Marion.

— ... taille moyenne, compléta Alice.

— Et tu oublies un détail important, ajouta Marion en riant : ... habillé d'un costume de sport un peu trop large pour lui. »

Tout en bavardant, les deux amies retournèrent vers la ferme. Entre-temps, Bess, ayant cassé des branches à un arbre proche, essayait de reboucher le trou de la volière. Dans la cage, de grands oiseaux, ressemblant à des faucons, se mirent à pousser des cris rauques. Devant l'entêtement de Bess à leur barrer la voie vers la liberté, ils entrèrent en fureur. Le vacarme devint assourdissant.

« Oh ! du calme ! » cria Bess, exaspérée.

Un homme aux épaules musclées, vêtu d'un bleu de travail, apparut sur le seuil d'une grange qui se trouvait derrière les volières. Sans doute un employé de la ferme attiré par le bruit.

« Qu'est-ce que vous fabriquez là ? tonna-t-il. De quel droit touchez-vous à cette cage ? »

Intimidée, la jeune fille demanda d'une voix faible :

« Êtes-vous M. Thurston ?

— Non, je m'appelle Rausch. M. Thurston est mon patron. Mais c'est à vous de répondre et non de me questionner. Que faites-vous ici ? »

Bess s'empressa de lui parler de l'homme que ses amies et elle avaient surpris en train de couper le grillage.

« En nous voyant, il s'est enfui à toute vitesse. Mes amies se sont lancées à sa poursuite. Moi, je suis restée pour essayer de réparer les dégâts. »

Elle n'éprouvait plus la moindre crainte, mais de la colère plutôt. Son visage était aussi rouge que ceux d'Alice et de Marion qui arrivaient sans se presser et furent toutes surprises d'entendre des éclats de voix et de trouver leur amie en violente discussion avec un homme qui la menaçait du doigt.

« Que se passe-t-il encore ? s'exclama Alice.

— Dis-lui ce que nous avons vu, demanda Bess d'une voix que la fureur faisait trembler. Il refuse de me croire. Il m'accuse d'avoir partie liée avec les gens qui veulent chasser M. Thurston de sa propriété ! »

Les yeux de Marion lancèrent des éclairs.

« C'est ridicule ! Grotesque ! s'écria-t-elle en fusillant l'employé du regard. Et d'abord qui êtes-vous pour vous permettre d'insulter ma cousine ?

— Il travaille pour M. Thurston, répondit Bess.

— Dans ce cas, je vous prie de vous calmer tous », intervint Alice.

D'un ton posé, elle confirma le récit de Bess et termina en disant :

« Nous n'avons pas réussi à rattraper l'inconnu, mais le signalement suivant vous rappelle-t-il quelqu'un de précis : long, mince, petits yeux noirs, barbe rousse, habillé de vêtements de sport trop amples ? »

Rausch secoua négativement la tête mais son expression avait changé depuis qu'il écoutait Alice.

« Je me suis emballé à tort, s'excusa-t-il. Je regrette de vous avoir parlé aussi rudement, mademoiselle. »

Ces paroles s'adressaient à Bess.

« Malheureusement cette description ne me rappelle personne », ajouta-t-il.

Il annonça qu'il allait chercher des matériaux et des outils pour réparer la cage.

« Auriez-vous l'obligeance de rester ici jusqu'à mon retour ? demanda-t-il. Il ne faudrait pas que des oiseaux s'envolent. »

Il s'éloigna à grandes enjambées. Quand il revint, Alice offrit de l'aider.

« Volontiers, répondit-il. Les oiseaux pourraient croire que je viens les nourrir et se précipiter sur moi à tire-d'aile sans me laisser le temps de réparer les dégâts. »

Se tournant vers Bess, il dit :

« Votre idée de placer des branchages en travers du trou était excellente. »

Aidé par les jeunes filles et muni de fil de fer solide, il réussit à réparer le grillage, et bientôt la volière fut remise en état.

« Pourrions-nous être reçues par M. et Mme Thurston ? » demanda Alice.

Rausch les conduisit vers la porte de derrière de la maison et les fit entrer.

« Veuillez attendre ici une minute, les pria-t-il. Mme Thurston est souffrante et peut-être ne se sent-elle pas assez bien pour recevoir des visites. »

Il disparut et revint peu après, accompagné d'un homme jovial au teint vermeil. Ses cheveux gris étaient clairsemés aux tempes.

« Oscar, dit Rausch, voici les demoiselles qui désirent vous voir. Elles vous raconteront ce qui est arrivé à une des volières. Moi, je me sauve, il me faut aller donner à manger à mes bêtes. »

Il partit aussitôt. Alice se présenta et présenta ses amies.

« Bonjour, dit M. Thurston en leur serrant la main à tour de rôle. N'êtes-vous pas la fille de maître Roy ? »

Il regardait Alice en parlant. Elle fit un signe de tête affirmatif.

« Mon père m'a appris que l'on cherchait à vous exproprier. Il m'a conseillé de faire votre connaissance et de me promener dans votre propriété. »

Avec un sourire, elle expliqua :

« Il sait que j'aime beaucoup la nature et les animaux.

— J'espère que mon zoo vous plaira, dit M. Thurston. J'en suis très fier. Et s'il vous plaît, appelez-moi Oscar, ce sera plus simple. Veuillez excuser ma femme, elle est fatiguée. Venez, nous allons commencer la visite par mes chers oiseaux. »

En chemin, Alice lui relata brièvement l'épisode du sabotage.

« On ne cesse de me harceler, dit Oscar. Je ne sais pas ce que votre père vous aura dit à mon sujet, mais mes ennemis ne m'accordent pas une minute de répit ; ils m'importunent de mille manières : menaces, mauvais sorts jetés sur moi ou sur mes bêtes, malédictions... et j'en passe. »

Alice lui dit être au courant du projet de construction d'un grand ensemble, et de son refus de vendre ses terres au promoteur immobilier.

« C'est exact, répondit M. Thurston. Ma femme raffole de cette propriété. Elle n'est pas en bonne santé, et si nous étions obligés de partir, cela pourrait lui être fatal. En ce qui me concerne, ce zoo est toute ma vie.

— Pourriez-vous me préciser les manœuvres d'intimidation dont vous faites l'objet ? demanda Alice.

— Prenons un exemple : pas plus tard que la semaine dernière on a jeté, par la fenêtre ouverte, des boules puantes dans notre salon. Il nous a fallu quitter la maison toute une journée tant l'odeur était épouvantable.

— C'est odieux ! s'exclama Bess.

— Il y a deux ou trois jours, poursuivit Oscar,

j'ai reçu par la poste une lettre anonyme disant à peu près ceci : "Vous empêchez vos voisins de faire fortune. Vendez, sinon vous le regretterez !"

— L'avez-vous conservée ? demanda Alice.

— Non, ma femme l'a jetée. »

Marion fronça les sourcils.

« Avez-vous prévenu la police ? »

Oscar secoua négativement la tête.

« J'ai confié la défense de mes intérêts à M. Roy. Je n'entreprends aucune démarche sans son approbation ou son conseil.

— Je vais vous dévoiler un secret, intervint Bess en souriant avec malice. Mon amie est détective amateur. Elle travaille souvent avec son père et elle a résolu de difficiles énigmes policières. Marion et moi nous lui servons d'assistantes. C'est parfois dangereux, mais toujours passionnant. »

M. Thurston écarquilla les yeux.

« Quelle surprise ! fit-il. Eh bien, je vous offre bien malgré moi un beau mystère à élucider ! Mais d'abord, laissez-moi vous présenter mes oiseaux. »

Il les conduisit vers une cage contenant plusieurs variétés de picidés.

« On prétend qu'ils sont d'une droiture à toute épreuve. C'est une plaisanterie fondée sur la manière dont ils se tiennent tout droits contre le tronc des arbres : leurs pattes courtes et fortes portent chacune quatre doigts, deux à l'avant et deux à l'arrière, munis d'ongles recourbés et très résistants.

« Ces ongles leur permettent d'escalader le tronc des arbres en se servant de leur queue pointue et ferme comme point d'appui. Ils ont un bec dur qui frappe droit et fort. C'est un instrument idéal pour fendre l'écorce, picorer le bois et rapporter avec leur langue, enduite d'une sécrétion visqueuse, les insectes qui s'y cachent. »

Les trois jeunes filles écoutaient avec un vif intérêt, enregistrant les moindres détails.

« C'est dommage que vous ne puissiez voir leur langue, poursuivait Oscar, elle est étonnamment longue et ils peuvent la projeter très loin. Les pics mangent énormément d'insectes, et sont très utiles aux arbres qu'ils débarrassent de leurs parasites. »

Le fermier se dirigea vers une autre volière.

« Oh ! Un torcol ! » s'écria Bess.

Oscar la regarda avec étonnement.

« Bravo ! Bien peu de gens connaissent cette variété. Comment l'avez-vous identifiée ? »

Ne sachant quoi répondre, Bess lança un regard interrogateur à Alice qui lui imposa silence d'un froncement de sourcils. Elle ne voulait pas parler du torcol empaillé déposé sur sa pelouse.

« Où vous êtes-vous procuré cet oiseau ? demanda la jeune détective à M. Thurston.

— Il appartient à une étudiante de l'université de Harper, répondit-il. Une Eurasienne qui est pensionnaire chez nous. Elle l'a ramené de son pays natal. »

Alice réfléchit un moment, un peu déconcertée : y avait-il un lien entre cette jeune fille et la personne qui avait apporté le torcol chez les Roy ?

Chapitre 3

Kammi

Les réflexions d'Alice furent interrompues par la voix d'Oscar qui reprenait :

« Cette jeune étudiante s'appelle Kamenka, mais nous l'appelons Kammi. Elle est très gentille, bien qu'un peu secrète. J'aimerais que vous fassiez sa connaissance. »

Il jeta un coup d'œil à son bracelet-montre.

« Elle ne devrait pas tarder à rentrer. Voulez-vous l'attendre ?

— Avec plaisir, s'empressa de répondre Alice, désireuse de rencontrer la propriétaire du torcol. Vous n'êtes pas pressées, n'est-ce pas, Bess et Marion ?

— Non », répondirent ensemble les deux cousines.

Oscar fit observer aux jeunes filles les différences existant entre le torcol et les autres picidés.

« Voyez, Petra — c'est ainsi que Kammi l'a baptisé — se perche sur une branche comme toutes les autres espèces d'oiseaux. Jamais il ne s'agrippe au tronc d'un arbre. Il n'en creuse pas non plus l'écorce mais picore le plus souvent à la surface du sol. Il se nourrit d'insectes ailés qu'il attrape avec une étonnante rapidité. »

Quand les trois amies et M. Thurston regagnèrent la maison, ils trouvèrent Mme Thurston au salon, assise dans un fauteuil roulant. Comme elle paraissait mince et frêle !

Après avoir accueilli les jeunes filles avec beaucoup de gentillesse, elle sourit tristement.

« Mon mari n'aime pas me voir dans ce fauteuil d'invalide, dit-elle, mais il ne se rend pas compte à quel point je suis fatiguée. Les soucis me minent. Je m'affaiblis chaque jour davantage. N'est-ce pas terrible ce qui nous arrive ? Nous vivons ici depuis notre mariage. C'est nous qui avons créé ce jardin zoologique. De quel droit nous obligerait-on à détruire ce que nous avons édifié de nos mains ? De quel droit nous chasserait-on ?

— Allons, allons, Martha, fit Oscar d'un ton apaisant, je t'en prie, ne t'agite pas. Alice Roy et son père nous tireront d'embarras, tu verras la vie sous un meilleur jour et tu retrouveras tes forces.

— Je l'espère », soupira sa femme.

Changeant de sujet, elle demanda aux jeunes filles si elles avaient vu les hiboux et les corbeaux.

« Pas encore », fit Alice.

Mme Thurston attendit que son mari soit parti chercher le thé et les biscuits pour se pencher d'un air mystérieux vers les trois amies :

« Savez-vous que, lorsqu'un hibou hulule continuellement dans un arbre à proximité d'une maison, cela porte malheur à ses habitants ? Je ne cesse de répéter à Oscar qu'il devrait se débarrasser des hiboux.

— Cette superstition ne repose sur rien de solide, dit Alice gentiment. Ne vous laissez pas troubler par ce genre d'inepties. »

Marion et Bess renchérirent, sans arriver à convaincre Mme Thurston.

« Et tous ces corbeaux enfermés dans nos cages sont, eux aussi, des sources d'ennuis, poursuivit-elle. Oiseaux de mauvais augure, ils sont la cause de procès en diffamation et autres malheurs. »

Après avoir vainement tenté de détourner l'esprit de Mme Thurston de ces sottes pensées, Alice finit par trouver un biais :

« Avez-vous dans vos volières des oiseaux bienfaisants ? »

Martha Thurston se détendit.

« Oui, nous possédons des colombes, messagères de paix, des rouges-gorges qui portent bonheur. Mes préférences vont aux adorables colibris. Ce sont des petites créatures étonnantes.

— En quoi ? » demanda Marion.

Mme Thurston s'anima.

« Ils ressemblent à des hélicoptères miniatures. Ils se maintiennent sur place, et, croyez-le ou non, ils volent à reculons !

— Vraiment ? fit Bess qui avait peine à le croire.

— Oui. Ils ne mesurent pas plus de deux centimètres et possèdent une résistance extraordinaire. Compte tenu de leur taille, ils surpassent de loin tous les animaux à sang chaud. Quand un colibri plane, il dépense dix fois plus d'énergie qu'un homme courant à une vitesse de 14 km à l'heure. Un homme de 78 kg consomme environ trois mille cinq cents calories par jour. Si l'on se base là-dessus pour calculer l'énergie dépensée par un colibri, on arrive au chiffre effarant de cent cinquante-cinq mille calories par jour ! »

Sur ces entrefaites, Oscar revint, poussant devant lui une table roulante chargée de tasses, d'une théière et de biscuits fort appétissants. Il la plaça devant le fauteuil de sa femme. Elle le remercia et versa le thé.

Quand tous furent servis, Kamenka fit son apparition. M. Thurston la présenta. Un mélange heureux de traits européens et asiatiques conférait à la jeune fille une beauté peu commune. Elle avait le teint mat, les pommettes hautes et saillantes, les cheveux d'un noir de jais. Elle se montra aimable, mais resta assez distante.

« Le cours d'ornithologie était-il intéressant aujourd'hui ? demanda gentiment Mme Thurston.

— Oui, merci. Cependant, j'ai encore du mal à comprendre l'anglais. Les termes scientifiques latins me sont plus familiers.

— L'ornithologie est l'étude des oiseaux, n'est-ce pas ? » intervint Bess.

Kammi sourit, ses grands yeux bruns s'illuminèrent. Son changement d'expression surprit Alice ; soudain elle paraissait heureuse. Elle eut même un rire léger.

« C'est un domaine tellement vaste, dit-elle, qu'il est difficile de l'explorer à fond. Si je possédais en cette matière la moitié des connaissances d'Oscar, j'obtiendrais sans peine ma maîtrise. »

Ainsi animée par son sujet favori, elle devenait charmante. Elle prit une tasse de thé, un biscuit et s'assit auprès des trois amies.

« Je souhaite rester en Amérique, mais je crains

que mon visa d'étudiante ne suffise pas, dit-elle. Il me faudra retourner dans mon pays.

— Nous la regretterons beaucoup, dit M. Thurston en s'adressant à Alice. Elle nous apporte une aide précieuse. Elle sait aussi bien que Rausch et moi-même s'occuper des oiseaux et des autres animaux du zoo. »

Alice demanda à Kammi si elle se rendait souvent au muséum de l'université.

« Oh ! oui, répondit la jeune Eurasienne. J'y étudie de très beaux spécimens, cependant je préfère observer les animaux vivants. Où pourrais-je le faire mieux qu'ici ? »

Elle sourit à Oscar.

Soudain Bess se leva, posa sa tasse vide sur le plateau et se tourna vers Kammi.

« Dans votre pays, demanda-t-elle, les torcols peuvent-ils servir à envoûter des ennemis ? »

Kammi prit un air offensé, se leva à son tour et, sans répondre à la question de Bess, dit à Mme Thurston :

« Veuillez m'excuser, madame. »

Ramassant son sac à main et ses livres elle quitta la pièce sans prendre congé des trois amies.

« Oh ! fit Bess, interloquée par cette brusque sortie. Je suis navrée, je lui ai fait de la peine sans le vouloir.

— Ne vous reprochez rien, la rassura Mme Thurston. Kammi est d'humeur très changeante. C'est une hypersensible... elle est de plus très férue d'astrologie et autres sciences occultes. »

Oscar se mit à rire.

« Ma femme la croit très versée en astrologie.

Elle prétend que notre jeune pensionnaire peut lire l'avenir dans les étoiles.

— Vous aurait-elle prédit ce qu'il va advenir de votre propriété ? demanda Alice en souriant.

— Elle le sait, s'empressa de répondre Mme Thurston, mais elle refuse de nous le dire, aussi ai-je peur que ce soit pour ne pas nous désespérer.

— Si vous le permettez, madame, dit Alice, j'aimerais me promener un peu dans les champs qui entourent votre maison avant de repartir. »

Elle remercia les Thurston de leur accueil, leur promit d'aider son père dans toute la mesure du possible à les tirer d'embarras et sortit avec Bess et Marion.

L'œil aux aguets, elles parcoururent la propriété, cherchant d'éventuels repères laissés par les futurs constructeurs pour indiquer ici une route, là un bâtiment. Elles examinèrent avec attention les arbres, les grandes pierres. Mais elles ne virent pas le moindre trait de peinture, ni le moindre piquet.

« Il ne semble pas que la société immobilière ait encore effectué un arpentage du terrain, dit enfin Alice. Rentrons.

— Il est grand temps », approuva Marion.

Dans la voiture, les jeunes filles discutèrent longuement de cette visite fertile en imprévus. Mme Thurston et Kammi leur inspiraient des sentiments mitigés. Seul Oscar faisait l'unanimité : c'était un homme très sympathique.

« S'il n'est pas superstitieux, sa femme me semble l'être pour deux, dit Bess. Je parie qu'elle se porterait beaucoup mieux si elle avait l'esprit débarrassé de toutes ces fariboles.

— Tu as sans doute raison, approuva Marion. Quant à Kammi, elle est vraiment d'une susceptibilité excessive. »

Une fois en ville, Alice déposa Marion et Bess chez elles, puis se dirigea vers le supermarché où elle avait quelques courses à faire pour Sarah.

Après avoir garé sa voiture, elle entra dans l'immense magasin et, poussant un chariot, commença à longer les rayons. Son choix était presque terminé lorsqu'un roulement se fit entendre derrière elle. Se retournant, elle vit arriver dans sa direction un chariot qui lui heurta violemment la cheville.

Un cri de douleur lui échappa. Toute pâle, elle s'aperçut que personne ne manœuvrait ce chariot. Elle en conclut avec étonnement qu'on le lui avait délibérément lancé dans les jambes. Mais qui et pourquoi ?

Du sang coulait de la blessure. Alice entoura sa cheville d'un mouchoir et décida de rentrer sans terminer ses achats. Elle passa devant la caisse, régla l'addition, rangea les provisions dans un carton et regagna sa voiture en boitillant. Après avoir placé les paquets dans le coffre, elle s'assit au volant et prit soin de verrouiller les portières de crainte d'une nouvelle agression. Pendant que le moteur chauffait, elle inspecta les alentours sans rien apercevoir de suspect. Ensuite elle s'assura qu'aucune voiture ne la prenait en chasse.

Sarah n'était pas à la maison. Alice posa les provisions sur la table de la cuisine et monta au premier étage où elle nettoya sa blessure avec un antiseptique.

Elle achevait de se bander la cheville quand la

sonnerie du téléphone se fit entendre. Elle reconnut la voix de Mme Thurston.

« Alice, demanda la malade, avez-vous eu un accident en chemin ?

— Oui... un très léger, répondit la jeune fille, stupéfaite, avant de raconter ce qui lui était arrivé.

— Kammi l'avait prévu ! s'exclama Mme Thurston. Ses antennes ont fonctionné ! Elle est accourue au salon, il y a quelques minutes, en me disant : "J'ai ressenti d'étranges vibrations... je suis sûre qu'Alice Roy a été blessée." »

Alice, abasourdie, pensa que la sensibilité de la jeune Eurasienne était vraiment exceptionnelle, pour ne pas dire suspecte !

« Je ne doute pas que Kammi ait le don de seconde vue, dit-elle, mais rassurez-la, je vous prie, je ne souffre que d'une simple égratignure. »

Mme Thurston insista pour qu'Alice le dise elle-même à sa pensionnaire à qui elle passa le combiné. Après avoir écouté Alice, Kammi lui exprima sa joie que l'incident n'ait pas eu de conséquences plus graves.

« J'aimerais aussi vous prier de m'excuser pour tout à l'heure, ajouta-t-elle. Je me suis conduite d'une façon déplorable et j'en ai honte. Un jour, je pourrai peut-être vous expliquer pourquoi la remarque — pourtant innocente — de votre amie m'a vexée. Je ne lui en garde pas la moindre rancune et je serais heureuse si vous vouliez bien toutes les trois m'accorder votre amitié. »

Elles bavardèrent encore un moment de choses et d'autres, puis raccrochèrent. Quelques minutes plus tard, M. Roy, grand et bel homme à l'allure distinguée, rentrait à la maison. Il s'assit avec sa fille au salon et écouta le long rapport qu'elle lui fit de sa visite à la ferme Thurston.

« Finalement, nous n'avons rien trouvé d'insolite, à part, bien entendu, l'homme aux cisailles, termina-t-elle.

— Qu'est-ce que tu as à la cheville ?

— Un simple bobo, rassure-toi. »

Comme il insistait, elle lui raconta sa mésaventure au supermarché.

M. Roy se rembrunit.

« Souviens-toi des menaces que j'ai reçues, dit-il. Mon ennemi peut fort bien se retourner contre toi. Je t'en supplie, sois prudente. »

Alice le lui promit. Alors son père se pencha vers elle :

« J'ai une nouvelle qui te surprendra. »

Chapitre 4

Le champ miné

Se redressant sur sa chaise, Alice attendit avec impatience ce que son père allait dire.

« De mon côté, je ne suis pas resté oisif, fit-il avec un sourire. Je me suis livré à des recherches et j'ai découvert que le torcol avait été volé. Devine d'où il provient.

— D'un muséum, je suppose, répondit Alice. L'ennui est que cela n'aurait rien de surprenant.

— Si, parce qu'il a été dérobé au muséum de l'université de Harper !

— Près de la ferme des Thurston ?

— Exactement ! Tu n'es pas la seule à avoir du flair, ma chère fille. Cet après-midi, pris d'une soudaine intuition, j'ai téléphoné à plusieurs muséums jusqu'à ce que je tombe sur le bon. Le conservateur a paru plutôt surpris en apprenant que l'oiseau empaillé avait été déposé sur ma pelouse. Si j'ai bien compris, cette jeune Eurasienne dont tu m'as parlé étudie l'ornithologie à l'université de Harper ? »

Alice devina aussitôt à quoi pensait son père.

« Ce n'est sûrement pas elle qui l'a volé ! protesta-t-elle. Cette idée ne l'effleurerait jamais. Elle se consacre entièrement à ses études. Il suffit de s'entretenir quelques minutes avec elle pour en être convaincu. »

M. Roy eut un léger haussement d'épaules.

« Je te crois volontiers, cependant, tu sais, les personnes superstitieuses perdent tout bon sens quand il s'agit de mauvais sorts, prémonitions et autres sottises de cet ordre. Il faut se montrer tolérant à leur égard mais sans aller jusqu'à leur accorder toute confiance. »

Alice dut admettre que son père n'avait pas tort. Sa grande sagesse jointe à une vive compréhension des êtres avaient fait de lui un des plus grands avocats de la région.

« Alice, aurais-tu la gentillesse de rapporter le torcol au muséum ? demanda-t-il. Le professeur Sanders, qui est un grand biologiste, désirerait rentrer en sa possession sans trop tarder.

— J'irai dès demain matin, promit Alice. Si Kammi est là-bas, je tâcherai de la faire parler. »

La malchance voulut que la jeune Eurasienne n'eût pas cours ce jour-là, comme la secrétaire l'apprit à Alice.

« Tant pis ! » soupira celle-ci.

Elle partit à la recherche du professeur Sanders, qui, très aimable, la remercia vivement de lui avoir rapporté le torcol.

« Je ne comprends pas comment on a pu s'en emparer, dit-il. La seule personne qui, en dehors de moi, possède une clef des casiers de verre est le gardien. Or, il est employé ici depuis des années et nous le considérons comme absolument digne de confiance.

— Le voleur a pu se servir d'une fausse clef ? suggéra Alice.

— Cela me paraît improbable, répondit le professeur. Réfléchissez : si quelqu'un voulait vraiment gagner de l'argent en vendant une collection, il aurait fait main basse sur plusieurs oiseaux. Pourquoi n'avoir pris que celui-ci ? Voilà qui dépasse l'entendement.

— Son intention était, je crois, de nous jeter un mauvais sort, à mon père et à moi, répondit Alice. Fort heureusement, nous ne croyons pas à la sorcellerie. Il nous faut néanmoins découvrir le coupable. Ce qui ne sera pas facile. Nous ne possédons pas le moindre indice.

— Vous devez éprouver un désagréable sentiment de malaise ; rien n'est pénible comme d'avoir un ennemi inconnu. »

Alice voulut savoir si le professeur prêtait les clefs des casiers à des étudiants.

« Oui, parfois, quand je suis empêché de quitter mon bureau. Mais je ne les confie qu'à des étudiants de troisième année — ou, à l'occasion, à des collègues. Lorsqu'ils désirent emprunter des spécimens, j'inscris leur nom en regard de leur requête. Je n'ai pas le droit de me fier à ma seule mémoire.

— Vous a-t-on demandé récemment les clefs... la semaine dernière par exemple ? »

Le professeur Sanders réfléchit un instant avant de répondre :

« Oui. Trois étudiants. Ils m'ont rapporté dès le lendemain les oiseaux qu'ils avaient empruntés.

— Auriez-vous l'amabilité de me donner les

noms des étudiants et ceux des spécimens qu'ils ont pris ? » demanda Alice.

Le professeur sortit un calepin de sa poche et se mit à le feuilleter.

« Un des garçons a emprunté une caille, une fille a étudié un gobe-mouches. Ah ! Tiens, une autre a voulu examiner le torcol.

— Serait-ce Kamenka ? » demanda vivement Alice.

Devant l'air surpris du professeur, elle lui raconta en quelques mots sa rencontre avec la jeune étudiante.

« Je puis vous affirmer qu'elle m'a rendu le torcol, déclara le professeur. Et d'ailleurs, pourquoi l'aurait-elle volé et porté sur votre pelouse ?

— J'avoue être aussi déconcertée que vous », fit Alice en souriant.

Une conviction s'imposait à elle : pour une raison inconnue, Kammi avait sorti l'oiseau du muséum après avoir assuré à M. Sanders qu'elle l'avait remis à sa place.

« Il me déplaît beaucoup de la soupçonner, se reprochait Alice en son for intérieur. Elle m'est très sympathique. Pourvu qu'elle ne soit pas mêlée à une affaire louche ! »

Le professeur accompagna la jeune fille jusqu'à la salle où étaient exposées les différentes variétés d'oiseaux. Elle ne le quitta pas du regard pendant qu'il introduisait la clef dans la serrure de la case vide, la tournait, et reposait le torcol sur son perchoir vide. Ensuite il referma la case avec soin.

Alice constata que le type de serrure ne permettait pas à un voleur d'utiliser un passe-partout. Décidément le mystère s'épaississait.

Un timbre de sonnette grésilla : c'était le signal de la reprise des cours. Le professeur devait repartir. Alice le remercia avant de prendre congé.

Après avoir hésité sur ce qu'elle allait faire, elle décida, malgré le détour que cela lui imposait, de visiter le site prévu pour l'implantation du vaste ensemble immobilier.

Quelques minutes plus tard, elle contournait la propriété des Thurston et garait sa voiture sur un chemin de terre bordant des herbages qui s'étendaient à quelque distance des volières. Par mesure de prudence, elle ferma à clef les portières avant de partir à travers champs.

Tout à coup, elle aperçut à une centaine de mètres devant elle un homme et une femme qui parlaient sur le chemin.

« Kammi ! » fit-elle à voix basse.

Que pouvait bien faire la jeune Eurasienne ici et qui était cet homme ? Alice se hâta vers eux. Au bruit de ses pas, l'inconnu se retourna et leurs regards se croisèrent.

« C'est le scélérat qui a cisaillé la volière de M. Thurston ! » murmura la jeune fille.

Elle s'élança. Au même instant, l'homme partit en courant vers la route. En moins d'une minute, il avait regagné sa voiture, il sautait dedans et démarrait en trombe, coupant à travers champs. Alice voulut relever le numéro d'immatriculation. Hélas ! la plaque était recouverte de boue.

Pendant ce bref laps de temps, Kammi était restée immobile, l'air ahuri. Alice la rejoignit et lui demanda :

« Qui est cet homme ?

— Je l'ignore. C'est la première fois que je le vois, répondit Kammi.

— Vous a-t-il dit pourquoi il était ici ?

— Non. Il m'a simplement demandé le chemin de River City. Je lui ai répondu que j'étais étrangère et regrettais de ne pouvoir le renseigner.

— Était-il là quand vous êtes arrivée ?

— Oui. Il venait de cette direction. »

Kammi lui montrait de la main le centre du champ.

Alice regarda le sol et distingua nettement des empreintes de pas allant vers un même point et en revenant. Elle décida de les suivre. Kammi l'accompagna.

« Si seulement j'avais la chance de trouver un indice qui me permette de découvrir l'identité de cet homme et la raison de sa présence ici », songeait Alice.

Se tournant vers la jeune Eurasienne, elle lui demanda :

« Étiez-vous venue pour voir l'emplacement du futur ensemble immobilier ?

— Non, pas exactement. Je me promenais. »

Les traces se rapprochaient peu à peu de la ferme, ce qui ne laissait pas d'intriguer Alice.

« Il avait peut-être l'intention de renouveler son exploit d'hier, se disait-elle. En apercevant Kammi il aura été obligé d'y renoncer et d'inventer un prétexte à sa présence sur ce terrain. »

L'étudiante observait le manège de la jeune détective avec curiosité.

« Puis-je vous demander ce que vous cherchez ? Espérez-vous en suivant ces empreintes apprendre quelque chose sur l'inconnu ? »

À ce moment, Alice s'arrêta ; devant elle se trouvait un monticule de terre fraîchement remuée : visiblement un trou avait été creusé depuis peu.

Alice remarqua que les empreintes n'allaient pas plus loin. L'homme aurait-il caché un outil ? Avait-il fait un sondage pour déterminer la composition du sol ? Elle rejeta cette dernière supposition. En effet, l'inconnu n'aurait pas eu, pour ce faire, besoin de remuer autant de terre.

« À quoi songez-vous, Alice ? demanda Kammi. Quel air mystérieux vous prenez ! »

La jeune détective sourit sans répondre. En fait, elle avait une idée.

Elle chercha une grosse pierre. Quand elle l'eut trouvée, elle pria Kammi de se reculer le plus loin possible.

Elle souleva la pierre et la lança sur le monticule. Quelques secondes plus tard une explosion terrible faisait voler des mottes de terre et des cailloux dans toutes les directions.

Chapitre 5

L'identité du criminel

La force de l'explosion projeta Kammi à terre.

Heureusement aucun débris ne la frappa. Indemne mais terrorisée, elle n'osait pas se relever. Alice avait été, elle aussi, renversée par la violence du souffle. En une seconde, elle fut debout et se précipita vers la jeune Eurasienne.

« Êtes-vous blessée ? demanda-t-elle.

— Non... non », balbutia Kammi, encore bouleversée.

Alice l'aida à se relever.

« Je vous en prie, dit Kammi, racontez-moi. Que se passe-t-il ? Comment saviez-vous que l'on avait enterré un explosif à cet endroit précis ? »

Alice ne le savait pas, mais l'avait soupçonné en voyant la terre fraîchement remuée. Devant l'air incrédule de la jeune Eurasienne, elle ajouta :

« Rappelez-vous l'incident survenu hier : un inconnu a cisaillé une volière de M. Thurston, probablement dans l'espoir que tous les oiseaux s'envoleraient.

— Oui. Mais vous ne voulez pas dire que

l'homme qui m'a demandé son chemin et le saboteur sont une seule et même personne ?

— Je le crains. Répondez-moi franchement : êtes-vous bien sûre de ne jamais l'avoir rencontré jusqu'à ce jour et de n'avoir pas la moindre idée de son identité ? »

Kammi répéta qu'elle ne le connaissait pas ; c'était la première fois qu'elle le voyait. Cependant elle se souvint d'une autre question qu'il lui avait posée.

« Il désirait savoir si ce terrain faisait partie du domaine Thurston. »

Alice réfléchissait. L'inconnu appartenait sans doute à un groupe de personnes déterminées à chasser les Thurston de leur propriété en recourant à tous les moyens. Tôt ou tard, le fermier-zoologiste aurait traversé le champ à pied ou en voiture ! Il y avait de quoi frémir en songeant au risque qu'il avait couru.

« Oh ! je suis navrée, gémit l'étudiante. J'ai le sentiment d'être responsable des ennuis qui arrivent à mes hôtes... à cause de Petra. Pourtant je vous affirme que jamais je n'ai essayé d'envoûter qui que ce soit... et j'aime beaucoup M. et Mme Thurston. De tout cœur j'espère qu'ils resteront ici.

— Je vous crois, Kammi, dit Alice avec gentillesse. Promettez-moi de me téléphoner si vous apercevez ou entendez quelque chose de suspect au muséum ou à la ferme. Et racontez à Oscar ce qui vient de se passer.

— Je n'y manquerai pas, répondit Kammi. Je vous assure que je ne suis pas près de l'oublier. »

Elle accompagna Alice jusqu'à sa voiture. Là les deux jeunes filles se séparèrent. En route, Alice

décida de s'arrêter au commissariat de police de Harper pour rapporter l'incident de l'explosion. Elle avait entendu le commissaire Stevenson, de River City, parler en termes très amicaux de son collègue de Harper, un nommé Pfeiffer.

La chance la favorisa : le commissaire était à son bureau. Alice se présenta, fit état des excellentes relations que son père et elle-même entretenaient avec M. Stevenson et reçut un aimable accueil.

« Je suis enchanté de faire votre connaissance, dit M. Pfeiffer. Mon ami Stevenson m'a beaucoup vanté vos talents de détective ; il ne tarit pas d'éloges sur vous. »

Alice rougit légèrement :

« Oh ! Il exagère mes mérites, protesta-t-elle.

— Je n'en crois rien, fit le commissaire avec un sourire chaleureux. Mais dites-moi un peu ce qui me vaut le plaisir de votre visite ? »

Alice lui relata l'explosion dans le champ des Thurston.

« Cette mine a été, je suppose, enterrée par l'inconnu que nous avons surpris hier, mes amies et moi, en train de cisailler le grillage d'une des volières de M. Thurston. »

L'expression du commissaire devint grave.

« Voilà qui est sérieux ! Voudriez-vous avoir l'obligeance de répéter votre histoire, j'aimerais l'enregistrer. »

Alice s'exécuta. Elle ajouta même des détails susceptibles d'aider les enquêteurs dans leurs recherches ; elle précisa que le suspect avait demandé à Kammi le chemin de River City.

« Nous sommes convaincus, mon père et moi, ajouta-t-elle, qu'une ou plusieurs personnes veulent nous intimider, comme elles le font pour les Thurston.

— Pourquoi ?

— Sans doute parce que mon père est l'avocat de M. Thurston dans le litige qui l'oppose à la société immobilière désireuse de s'approprier le zoo et les volières. Ces personnes doivent savoir que Mme Thurston est très superstitieuse et espèrent ainsi, à travers elle, contraindre son mari à vendre. »

Quand Alice eut achevé son rapport, le commissaire donna l'ordre à ses subordonnés de se rendre sur les lieux de l'explosion.

« Ne serait-ce pas un homme à la solde de la société immobilière qui aurait enfoui la mine ? dit Alice.

— C'est une hypothèse à ne pas négliger », approuva le commissaire.

Prenant un exemplaire d'une revue locale, il le lui tendit.

« Regardez en deuxième page, fit-il. Vous verrez une photographie du personnel de la direction prise sur un chantier. »

Alice ouvrit l'hebdomadaire à la page indiquée.

« Au-dessus, vous voyez le groupe d'ouvriers, reprit le commissaire. Examinez bien ces hommes et dites-moi si, par hasard, vous en reconnaissez un. Vous pouvez aussi feuilleter les albums qui sont rangés sur l'étagère le long du mur. Les photographies des criminels de droit commun y sont classées. »

M. Pfeiffer sortit du bureau. Alice se mit au travail. Le directeur de la société n'avait pas un visage sympathique mais ne ressemblait pas du tout au suspect. Il s'appelait Ramsey Milford. Les autres membres de la direction n'offraient aucun trait commun avec le coupable.

Alice passa ensuite en revue chacun des ouvriers. Ils avaient l'air beaucoup plus francs et plus ouverts que leur patron et aucun ne ressemblait, de près ou de loin, au saboteur.

Après avoir reposé la revue sur la table, la jeune fille se dirigea vers les rayonnages. Elle déchiffra les diverses étiquettes apposées sur les dossiers et s'arrêta sur celui portant la mention :

Criminels recherchés. Arrêtés pour la première fois à Harper. Condamnés à diverses peines de prison dans plusieurs villes.

« Commençons par là », se dit Alice.

Elle s'assit de nouveau, ouvrit le dossier et scruta longuement chaque visage. Au bout d'un certain temps, au moment où elle allait conclure qu'aucune des photos de ce volume ne représentait l'homme qu'elle cherchait à identifier, un éclair lui traversa l'esprit.

« Ces traits me rappellent quelque chose », se dit-elle en regardant de plus près.

Il s'agissait d'un homme trapu, rasé de près. Son nez long aurait paru plus mince, plus coupant dans un visage moins enrobé de graisse. Ses yeux noirs fascinaient Alice. Il louchait légèrement.

Sur ces entrefaites, le commissaire revint.

« Alors ? Quoi de neuf ? fit-il avec curiosité.

— Rien de précis encore, répondit Alice. Mais pourriez-vous me prêter un papier calque et des feutres de couleur ?

— Avec plaisir. Que mijotez-vous, mademoiselle la détective ? »

Alice répondit d'un clin d'œil malicieux. M. Pfeiffer donna l'ordre à un agent de police d'apporter calque et crayons. Dès qu'elle les eut en main, la jeune fille posa le papier transparent sur la photographie qui avait retenu son attention ; ensuite elle dessina une version amincie de l'homme, lui ajouta une barbe et teinta ses cheveux en roux.

Très satisfaite du résultat, elle plaça son œuvre sous les yeux du commissaire.

« Comme vous pouvez le constater, j'ai un peu modifié son apparence, expliqua-t-elle. Maintenant, il ressemble au suspect. »

Le commissaire fixa d'un air ébahi la feuille de papier puis s'écria :

« Alice ! Vous avez repéré un criminel recherché. Vous êtes extraordinaire ! Je vais faire tirer plusieurs copies de votre dessin et en remettre une à chacun de mes hommes.

— Pourriez-vous m'en confier une et me donner une photocopie de l'original ?

— Certainement », répondit le commissaire.

Par l'interphone, il transmit ses instructions à un agent de police.

« À propos, dit-il en se tournant de nouveau vers Alice, j'ai noté un détail intéressant : vous n'avez pas modifié la taille des vêtements de cet homme ; ils paraissent simplement trop grands pour lui.

— Oui, parce que mon inconnu portait un costume flottant. S'il est bien l'homme dont la photo et le signalement sont dans ce dossier, il a beaucoup maigri. »

Alice releva le nom du malfaiteur : Clyde

O'Mayley, dit Doigts Agiles. Il avait été libéré sur parole mais, ayant négligé de se présenter à la police comme il y était obligé, il avait été remis sur la liste des personnes recherchées.

« C'est un voleur très habile, dit M. Pfeiffer. Cependant cela ne lui ressemble guère d'avoir cisaillé la volière de M. Thurston ni d'avoir enterré une mine. »

L'agent de police apportait les exemplaires de la photographie et du dessin exécuté par la jeune fille quand le téléphone sonna. Discrètement Alice s'éclipsa après avoir adressé un petit signe d'adieu au commissaire.

Le soir, au dîner, elle raconta à son père les derniers développements de l'affaire Thurston. Il ne lui ménagea pas les éloges.

« Notre prochaine démarche consistera à interroger les conseillers municipaux, ou du moins à essayer de les faire parler, dit-il ensuite. Ils sont cinq. J'aimerais connaître leur opinion sur le projet de construction. Si l'un d'eux envisage de voter en sa faveur, autrement dit de laisser détruire le zoo des Thurston, cela nous fournirait une donnée intéressante. »

M. Roy se tut un instant pour réfléchir.

« L'ennui, reprit-il, c'est que tout le monde sait que je suis avocat. Si je les questionne, ni les conseillers ni M. Milford ne me répondront franchement. »

Il marqua de nouveau un temps d'arrêt. Les yeux d'Alice étincelèrent.

« Confie-moi cette mission, proposa-t-elle. Ils ne me connaissent pas, moi. »

M. Roy secoua la tête.

« Cela ne me sourit guère. Mais Ned pourrait peut-être t'accompagner ? »

Ned Nickerson était le meilleur ami d'Alice. Pendant l'année il était étudiant à l'université d'Emerson et, durant l'été, il occupait des emplois divers. Depuis deux semaines, il travaillait pour une compagnie d'assurances en qualité de démarcheur.

« Si Ned consent à veiller sur toi, je ne soulèverai plus aucune objection, ajouta M. Roy en souriant. Demande-lui s'il ne pourrait pas se libérer quelques jours. »

Le jeune homme habitait avec ses parents à Mapleton, faubourg de River City. Actuellement, il se trouvait seul, M. et Mme Nickerson voyageant en Europe. Alice l'eut tout de suite au bout du fil.

« Salut ! fit-il en reconnaissant la voix de la jeune fille. Tu tombes bien. J'avais justement l'intention de te rendre visite ce soir.

— Que dirais-tu de venir passer quelques jours à la maison ? Papa t'invite. À la vérité, il aimerait que tu me serves de garde du corps, dit Alice en riant. Comme tu peux l'imaginer je suis plongée en plein mystère et il craint qu'un malheur ne m'arrive.

— Il n'a pas tort. Tu es d'une telle imprudence ! J'accours... d'autant plus vite que j'en ai assez de préparer mes repas.

— Doucement ! Doucement. Ne risques-tu pas de perdre ton emploi ?

— Non. J'ai décroché assez de clients pour avoir droit à un petit congé. »

Une heure plus tard, Ned entamait le souper préparé par Sarah tout en écoutant M. Roy lui exposer l'affaire Thurston. Le lendemain matin, les deux jeunes gens téléphonèrent au bureau de M. Cliff, conseiller municipal. On leur répondit que M. Cliff venait de partir pour étudier sur place le projet concernant la propriété des Thurston. Alice et Ned ne perdirent pas une minute et arrivèrent les premiers. Ils commencèrent par une rapide visite du zoo.

« Je ne comprends pas qu'on veuille le détruire, dit Ned. Le terrain qui s'étend au-delà est assez vaste pour y construire plusieurs logements.

— C'est bien mon avis », opina Alice.

Une automobile arrivait vers la ferme. Ils se dirigèrent vers elle. Le conducteur en descendit.

« M. Cliff ? demanda Ned en s'avançant.

— Oui. À qui ai-je le plaisir... ?

— Mlle Roy, dit Ned, et moi, je m'appelle Ned Nickerson. »

Le conseiller les regarda avec un sourire.

« Vous êtes si jeunes que vous ne désirez pas, je suppose, un grand appartement ?

— Non, répondit Alice ; nous menons une petite enquête et nous aimerions savoir ce que vous pensez des types d'immeubles que M. Milford envisage de construire.

— Ils me plaisent. Plus ils sont hauts, plus je les aime. En outre, ceux-ci seront admirablement situés. Et les éventuels acheteurs ou locataires auront le choix de l'orientation. Lequel préférez-vous ? »

Ni Alice ni Ned ne répondirent à la question.

« A-t-on prévu des terrains de sport, des salles de jeux et autres équipements récréatifs ? s'enquit le jeune homme.

— Cela va de soi, fit le conseiller. Allez au

bureau de vente de la société, on vous montrera les plans de la première tranche. Toutefois, si vous n'êtes pas pressés de vous loger, attendez donc la deuxième tranche. Les immeubles seront construits ici-même. La vue sera magnifique. À propos, quand vous mariez-vous ? »

Chapitre 6

Un mal étrange...

Après un instant d'hésitation, Alice et Ned décidèrent de jouer franc-jeu et déclarèrent qu'ils n'envisageaient pas de se marier et n'étaient pas en quête d'un appartement.

« Pourquoi alors m'avez-vous posé ces questions ? demanda M. Cliff, qui se rembrunit.

— Nous sommes venus visiter le jardin zoologique et particulièrement les volières où M. Thurston a réuni des espèces rares », dit Alice.

Dans l'espoir d'obtenir une quelconque réaction de son interlocuteur, elle ajouta :

« J'espère que, malgré tout, les oiseaux et autres animaux resteront ici. Ce serait...

— Mais ils n'y resteront certainement pas, l'interrompit M. Cliff. L'odeur que dégagent ces affreuses bestioles découragerait les acquéreurs les plus enthousiastes ! »

Alice protesta que l'on pouvait fort bien orienter les immeubles de telle sorte que leurs habitants ne soient pas incommodés par le zoo.

« Oseriez-vous prétendre faire mieux en la

matière que des architectes diplômés ? fit M. Cliff d'un ton sarcastique.

— Ce que vous dites là n'est pas très aimable », intervint Ned.

Sans perdre son calme, Alice reprit :

« Ce site serait très beau avec un groupe d'immeubles de bon standing donnant sur un lac artificiel. Je vois d'ici une piscine, un parc planté d'arbres, des terrains de jeux pour enfants, des tennis. De l'autre côté du lac, s'étendrait la ferme de M. Thurston.

— Attraction unique et très éducative, renchérit Ned.

— Dites donc, s'exclama M. Cliff, ne serait-ce pas ce vieux toqué de Thurston qui vous aurait chargés de venir me trouver et de plaider sa cause ?

— Non, répondit Alice. Cependant, il n'assistera pas les bras croisés à la destruction de l'œuvre à laquelle il a consacré sa vie. Les écoliers de Harper viennent souvent voir son zoo. Il passe des heures à leur expliquer la vie des animaux, à décrire leur habitat naturel... »

Sans l'écouter, M. Cliff se dirigea vers sa voiture.

« Tous vos beaux arguments ne me convaincront pas. Je ne changerai pas d'opinion, grommela-t-il. J'ai décidé de voter le projet qui a été soumis au conseil, et par conséquent l'expulsion des Thurston. »

Alice et Ned échangèrent un regard entendu. Inutile de tenter de le faire revenir sur cette décision. Il s'en tiendrait à son idée. Peu lui importaient les distractions à venir des futurs habitants de l'ensemble immobilier et les problèmes de M. Thurston !

« M. Cliff, dit Alice en lui emboîtant le pas sans se laisser démonter par son attitude hostile, hier il s'est produit une explosion à proximité d'ici. Pensez-vous que les architectes de la société aient pu la provoquer pour étudier le terrain ? Par exemple pour s'assurer qu'il n'y avait pas de source, ou de roches ? »

Le conseiller parut surpris.

« Une explosion ? Quelle sorte d'explosion ?

— Une mine.

— Montrez-moi l'endroit. »

Alice le conduisit à quelques mètres de là. Ned et le conseiller contemplèrent avec stupeur le trou creusé dans la terre.

L'air sombre, M. Cliff déclara :

« Je vais m'enquérir auprès de M. Milford de ce que cela signifie. »

Il gagna sa voiture d'un pas rapide, s'y engouffra, claqua la portière et démarra brutalement.

Ned fit la grimace.

« Quel ours ! Dis-moi, Alice, tu vas provoquer une belle querelle au conseil municipal si tu continues comme ça ! »

Alice se mit à rire.

« Pourvu qu'elle se termine comme nous le voulons ! Une chose est certaine : les dirigeants de la société immobilière ne pourront plus jouer les innocents. »

Ned voulu connaître les circonstances de l'explosion et les autres éléments du mystère. Elle lui parla de Doigts Agiles et du dessin qu'elle avait tracé à partir d'une photographie.

« Bravo ! Tu es une détective remarquable ! Quel honneur tu me fais en acceptant ma compagnie !

— Ne te moque pas de moi ! Je me suis bornée à amincir la silhouette d'un voleur et à lui ôter sa barbe. Mais pourquoi diable a-t-il enterré une mine dans ce champ ? »

Alice précisa qu'il n'existait aucune preuve d'un quelconque lien entre Doigts Agiles et les dirigeants de la société immobilière.

Les deux jeunes gens déjeunèrent dans un restaurant de Harper, après quoi ils se rendirent chez les Thurston. Il était environ deux heures quand ils franchirent les grilles du zoo.

Alice sonna à la porte de la maison. Au bout de quelques minutes, une voix demanda de l'intérieur :

« Qui est-ce ?

— Alice Roy et un de ses amis.

— Entrez. »

Ned ouvrit la porte, s'effaça pour laisser passer Alice, et la suivit dans le vestibule. Mme Thurston les attendait au salon, assise dans son fauteuil roulant. Alice lui présenta Ned avant de s'enquérir de sa santé.

« Je me sens très nerveuse, répondit Mme Thurston. À vrai dire... je suis à bout.

— Si ce n'est pas trop indiscret, permettez-moi de vous demander la raison de ce découragement ? » dit Alice.

Mme Thurston leva les bras d'un geste dramatique.

« La malchance s'acharne sur nous. Nous sommes victimes d'un double ensorcellement.

— Racontez-moi cela ! pria Alice en s'efforçant de ne pas sourire. Que vous est-il arrivé ?

— Mon pauvre Oscar ! Pourquoi faut-il que nous soyons si cruellement frappés ? » reprit la malheureuse en triturant son mouchoir.

Alice et Ned attendirent patiemment la suite. Enfin, Mme Thurston expliqua :

« Dans une de nos volières, presque tous les oiseaux sont tombés malades. Oscar et Rausch leur administrent des antibiotiques ; hélas ! quelques-uns sont déjà morts.

— De quelle maladie sont-ils atteints ? s'inquiéta Ned.

— Petra a-t-il été contaminé ? » demanda Alice en même temps.

Se tournant vers Ned, elle précisa :

« C'est le torcol de Kammi. »

Mme Thurston serra les mâchoires.

« Ne me parlez pas de cette fille ! Elle était ici au pair. Nous lui offrions logement et nourriture, et en échange elle aidait Oscar. Nous la traitions comme notre propre fille. Or, savez-vous quelle a été sa réaction devant ce nouveau coup du sort ? Elle est tout bonnement partie avec son Petra. »

Alice sentit qu'elle devait prendre la défense de la jeune Eurasienne.

« Elle aura eu peur qu'il ne soit contaminé, dit-elle. Elle aime d'autant plus cet oiseau, madame, qu'il lui rappelle son pays natal. Elle croit en outre qu'il lui porte bonheur. »

Ned intervint dans la conversation.

« Si Kammi est partie, votre mari doit être surchargé de travail !

— Bien entendu. Rausch est courageux et très compétent, mais sa tâche consiste avant tout à soigner les autres animaux, il ne peut les négliger.

Oscar, lui, s'occupe presque exclusivement des oiseaux. »

Alice et Ned échangèrent un regard.

« Si nous allions lui donner un coup de main ? » proposa la jeune fille.

Ils s'excusèrent auprès de Mme Thurston et sortirent par la porte de la cuisine. M. Thurston arrivait juste à ce moment. Alice lui présenta Ned.

« Nous venions vous aider, dit-elle.

— Comme c'est gentil ! J'accepte avec grand plaisir. Tous les oiseaux malades sont dans la dernière volière en partant d'ici. Ne vous en approchez pas. Ils ont sans doute attrapé l'ornithose, maladie très contagieuse pour les humains. Je vais continuer le traitement.

— Que pouvons-nous faire ? demanda Ned.

— Si vous voulez vous rendre utiles, ouvrez la porte de l'appentis que vous voyez là-bas ; vous y trouverez des sacs de graines. Sur les différents sacs j'ai marqué les espèces auxquelles ils sont destinés. Tous les oiseaux ne mangent pas les mêmes aliments. Remplissez les mangeoires. Quand vous aurez terminé, versez de l'eau dans les divers récipients accrochés aux grillages.

— Le départ de Kammi vous ennuie beaucoup, m'a dit Mme Thurston, fit Alice. Où est-elle allée ? »

Oscar lui apprit qu'elle avait loué une chambre à l'université et y resterait jusqu'à ce que l'épidémie soit enrayée. Il poussa un profond soupir.

« Je crois que c'est une fille bien. Ma femme lui en veut de son départ, et la soupçonne de noires machinations. Elle s'imagine qu'avec l'aide de Petra, elle nous a envoûtés. Ce ne sont que sottises, j'en suis convaincu, mais impossible d'en faire démordre Martha. »

Il s'éloigna pour aller soigner ses oiseaux. Alice et Ned se hâtèrent de donner à manger aux bien-portants. Ils passèrent d'une cage à l'autre. Ned s'extasiait sur la beauté de chaque spécimen, essayant de fixer dans sa mémoire leurs noms inscrits sur des pancartes à côté des portes.

Quand ils eurent terminé leur tâche, ils constatèrent qu'Oscar poursuivait la sienne.

« Il ne nous a pas parlé de nettoyer les cages, dit Ned. Mais elles en ont grand besoin, je crois. Allons-y ! »

Armés d'un grand racloir et d'un balai de joncs, ils travaillèrent une bonne demi-heure. Le soleil baissait à l'horizon quand ils décidèrent de s'arrêter.

« C'est plus fatigant que de placer des polices d'assurance », dit Ned en marchant vers la maison.

Alice rit de bon cœur.

« Et beaucoup plus que de résoudre des énigmes policières », renchérit-elle.

Oscar les rejoignit en chemin. Ils entrèrent ensemble dans la cuisine. Tout à coup, ils sursautèrent : des gémissements leur parvenaient du salon. Ils se précipitèrent.

« Seigneur ! C'est Martha ! » s'écria Oscar.

Chapitre 7

Le spectre

M. Thurston se rua au salon, suivi d'Alice et de Ned. Sa femme était affaissée dans son fauteuil. Elle geignait et pleurait, se balançant d'avant en arrière, se tordant les mains.

« Martha, ma chérie ! s'exclama son mari. Que se passe-t-il ? »

Elle ne put répondre. Il passa un bras autour des épaules de la pauvre femme, la soutint, l'implora de lui dire ce qui l'avait mise dans cet état. Elle continuait à pleurer et à gémir.

« Viens, Ned, dit Alice. Elle n'ose peut-être pas parler en notre présence. »

À ces paroles, Mme Thurston parut sortir de son état de prostration. Elle promena un regard encore égaré autour d'elle et se mit à crier d'une voix hystérique.

« C'est affreux ! Affreux !

— Je t'en supplie, dis-nous ce qui t'a bouleversée, insista Oscar avec douceur.

— Le spectre est-il parti ? »

Interloqués, Oscar et les jeunes gens se demandèrent si elle avait toute sa raison. Se redressant Martha Thurston battit des paupières, hocha la tête.

« Il est parti ! fit-elle, répondant à sa propre question. Ne t'inquiète pas, Oscar, je me sens mieux, mais...

— Es-tu sûre de n'avoir pas rêvé ? demanda doucement M. Thurston.

— Non ! non ! En voici la preuve ! »

Ouvrant la main, elle ajouta :

« Le spectre volant a laissé tomber cela sur mes genoux. C'est un symbole de mauvais sort ! »

Elle tendait un morceau de papier à moitié froissé sur lequel était dessiné grossièrement un cercle traversé par deux droites perpendiculaires.

« Savez-vous ce que c'est ? demanda-t-elle à Alice.

— Non. Je ne vois qu'une croix dans un cercle. Cela a-t-il une signification précise ?

— Hélas oui ! C'est un signe de mauvais augure, un présage d'incarcération, de départ en urgence pour l'hôpital, ou autre malheur du même genre. Oscar, oh ! mon ami ! Qu'allons-nous devenir ?

— Tu dis que l'on a laissé tomber ce papier sur tes genoux... Comment ? Et qui ? » répondit Oscar.

Mme Thurston raconta qu'elle s'était assoupie dans son fauteuil, comme elle le faisait souvent à la tombée du jour.

« Tout à coup une lumière presque aveuglante m'a réveillée. Son éclat était si vif que j'ai été éblouie. Un spectre a surgi du vestibule dans cette pièce qu'il a traversée d'un seul bond.

— À quoi ressemblait-il ? demanda Alice.

— Il était grand et mince, son visage ou ce qui

lui en tenait lieu était recouvert de voiles blancs et il portait une longue robe blanche flottante. Il a bondi de nouveau vers le vestibule et, au passage, a jeté ce papier sur mes genoux.

— Par où est-il parti ? s'enquit Ned.

— Quand il a atteint le vestibule, la lumière s'est éteinte et il a disparu. »

Elle baissa les paupières comme pour chasser l'épouvantable vision.

« Il se peut qu'il soit sorti par la porte, pourtant je ne l'ai entendu ni l'ouvrir ni la fermer. Il se peut tout aussi bien qu'il ait traversé le mur. »

Oscar lui tapota l'épaule d'un geste affectueux.

« Essaie d'oublier ce pénible incident, ma chérie. Il est l'heure de prendre les comprimés que le docteur t'a ordonnés. »

Il fit un clin d'œil à Ned et Alice qui se proposèrent aussitôt pour préparer du thé et des tartines grillées.

« Ensuite, Oscar, si vous le permettez, je mettrai en train votre dîner », ajouta la jeune fille.

M. Thurston se tourna vers sa femme.

« Tu as entendu, Martha ? Que dirais-tu d'inviter Ned et Alice à partager ce dîner qu'ils s'offrent à préparer ?

Brusquement, l'attitude de Mme Thurston changea. Avec un charmant sourire, elle pria les jeunes gens de l'excuser.

« Je me suis comportée d'une manière ridicule. Pardonnez-moi. Je serais ravie de vous garder plus longtemps ici, mais j'ai honte de vous mettre ainsi à contribution.

— Vous avez tort, ce sera une joie pour nous, répliqua Alice. Si vous le permettez, je vais téléphoner chez moi pour prévenir que nous dînons ici. »

La jeune fille était heureuse d'avoir l'occasion de rester chez les Thurston. Elle désirait se lancer à la recherche d'empreintes ou autres indices laissés par le prétendu fantôme. En attendant que l'eau du thé chauffe, elle discuta de l'incident avec Ned.

« J'aurais une hypothèse à formuler, dit le jeune homme. Ne serait-ce pas Mme Thurston qui aurait dessiné elle-même ce cercle coupé de deux lignes entrecroisées et aurait ensuite rêvé d'un fantôme ? »

Alice envisagea un moment cette hypothèse et finalement la rejeta.

« Non, je crois qu'elle a bel et bien vu un spectre bondissant. La porte d'entrée n'étant pas verrouillée, il n'aura eu aucune difficulté à s'introduire dans la maison.

— Son but était évidemment de terroriser cette pauvre femme. J'admire Oscar, il est d'une patience extraordinaire qui n'a d'égale que son courage. Et il ne se plaint jamais.

— Oui, il m'inspire une profonde sympathie. Bess a une idée sur la mauvaise santé de Mme Thurston : elle est persuadée que ses malaises, sa faiblesse générale n'ont pas d'autres causes que ses superstitions.

— Ça ne me semble pas idiot », approuva Ned.

Les jeunes gens parlaient encore quand Oscar entra dans la cuisine. Il leur apprit que sa femme se reposait sur le divan et était sur le point de s'endormir.

« Si cela ne vous ennuie pas, dit-il, nous nous

passerons de thé ; j'ai encore beaucoup de travail à expédier. Consentiriez-vous à vous occuper seule du dîner, Alice ?

— Certainement. Avez-vous un plat préféré ?

— Non, je ne suis pas difficile. Suivez vos goûts et ceux de Ned, sans vous donner trop de peine surtout.

— Je suis très susceptible, vous savez, et toute critique sur ma cuisine me blesse profondément, dit Alice en riant.

— J'en tiendrai compte, répondit Oscar sur le même ton. Maintenant je retourne soigner mes oiseaux. J'aurai besoin d'aide. Ned, pouvez-vous m'accompagner ?

— Volontiers. »

Les deux hommes sortirent. Alice trouva le téléphone et appela Sarah pour lui annoncer que ni Ned ni elle ne rentreraient dîner.

« Et devine qui va faire la cuisine ? ajouta-t-elle gaiement. Moi ! Dommage que tu ne sois pas là. Le repas serait bien meilleur. »

Sarah se mit à rire.

« Allons, ne te mésestime pas. Tu te débrouilles très honorablement. Un conseil cependant : ne te lance pas dans la confection de plats extraordinaires aux noms compliqués. Contente-toi d'exécuter une bonne vieille recette bien connue. »

Après avoir recensé le contenu du réfrigérateur et du placard à provisions, Alice composa un menu simple : soupe aux pois cassés, côtelettes d'agneau accompagnées de purée de pommes de terre et d'épinards à la crème. Pour le dessert, elle choisit des pêches au sirop accompagnées d'une crème anglaise.

Elle était tellement absorbée par sa tâche qu'elle ne vit pas le temps s'écouler. Elle mit la crème anglaise à refroidir, puis alla dresser la table dans la salle à manger. Comme elle ignorait où se trouvaient assiettes, cuillères, fourchettes et couteaux, ce travail lui prit beaucoup de temps.

« C'est presque aussi difficile que de débusquer un voleur », se dit-elle, amusée.

Ensuite, elle alluma le gril et consulta l'horloge accrochée au mur.

« Oscar et Ned tardent beaucoup à revenir, se dit-elle. Pourvu qu'il n'y ait pas d'autres malades parmi les oiseaux »

Elle se rendit sur la pointe des pieds au salon pour s'assurer que Mme Thurston reposait calmement : la malade dormait d'un profond sommeil. Alice retourna à la cuisine, jeta un coup d'œil par la fenêtre. Toujours aucun signe des deux hommes.

« Inutile de faire griller les côtelettes avant leur retour », murmura-t-elle.

Cinq minutes s'écoulèrent encore. Ne tenant plus en place, Alice résolut d'aller voir où Oscar et Ned en étaient de leur travail.

Se rappelant les conseils de prudence de Sarah, elle ferma les manettes du gril, verrouilla la porte d'entrée. Cela fait, elle sortit par la cuisine dont elle ferma également la porte. La clef dans sa poche, elle se dirigea vers les volières.

Tout d'abord elle ne constata rien d'anormal. Toutefois, une singulière odeur lui frappa bientôt les narines.

« On dirait du chloroforme », murmura-t-elle, étonnée.

Accélérant l'allure, elle arriva devant la cage où étaient enfermés les oiseaux malades. La stupeur la cloua sur place. À l'intérieur, Oscar et Ned gisaient... sans connaissance !

Chapitre 8

L'agresseur invisible

Terrifiée à la vue d'Oscar et de Ned étendus inanimés parmi les oiseaux, Alice ouvrit la porte. L'odeur douceâtre qu'elle avait détectée devenait plus intense.

« Je ferais mieux de me couvrir le nez et la bouche avant de m'aventurer dans cette cage », se dit la jeune fille.

Elle défit son écharpe, la noua autour de son visage, ne laissant apparaître que les yeux. Puis elle s'approcha de Ned. À grand-peine, elle réussit à le tirer loin de cette affreuse odeur. Il lui sembla terriblement lourd. Ensuite elle s'attela à la tâche plus rude encore qui consistait à sortir Oscar de la volière et à le placer à côté de Ned. Elle prit ensuite leurs pouls et poussa un soupir de soulagement : ils battaient à un rythme à peine ralenti.

« Dieu soit loué ! » murmura-t-elle.

Sur ces entrefaites, le vent se leva. Il contribuerait probablement à faire reprendre conscience aux deux hommes.

« Les oiseaux ! » se rappela tout à coup la jeune fille.

Elle retourna en hâte à la volière-infirmerie. Horrifiée, elle constata que tous les oiseaux gisaient sur le dos, pattes recroquevillées.

« Morts ! s'écria Alice. Quelle horreur ! »

Étaient-ils morts de maladie, ou l'intrus avait-il délibérément pulvérisé sur eux une substance toxique ? Tournant et retournant ces questions dans sa tête, la jeune détective revint auprès d'Oscar et de Ned, toujours inconscients.

Leur état commençait à l'inquiéter. L'air vif aurait déjà dû les ranimer.

« Que faire ? se demanda-t-elle. Prévenir Mme Thurston ? Elle aura si peur que son propre état risque de s'aggraver. »

Tandis qu'elle hésitait sur la décision à prendre, elle dénoua l'écharpe qui lui cachait le visage. À ce moment, Ned battit des paupières, ouvrit les yeux, les fixa sur elle, les referma aussitôt.

Alice s'agenouilla à côté de lui.

« Ned ? Ned ? Comment te sens-tu ? »

Avec effort, il murmura d'une voix faible :

« Où suis-je ?

— En lieu sûr, le rassura Alice. Ne crains rien. »

Le son de sa voix fit reprendre connaissance à Oscar. Il la dévisagea avec stupeur.

« Où suis-je ? demanda-t-il à son tour. Je vois trouble. J'ai comme un voile dans les yeux. »

Le cœur d'Alice se mit à battre à toute vitesse. L'anesthésique aurait-il eu un effet nocif sur la vue du malheureux ?

« Dès que vous serez en état de marcher, nous

irons à la maison et vous baignerez vos yeux avec une lotion », dit-elle doucement.

Quelques minutes plus tard, Ned et lui se sentirent assez forts pour rentrer. Ils se remirent debout en titubant.

Alice se plaça entre eux, les prit chacun par un bras et les soutint jusqu'à la cuisine où elle les fit asseoir.

« Oscar, où rangez-vous vos médicaments ? Je vais aller chercher un collyre, si vous le voulez bien », proposa Alice.

L'armoire à pharmacie se trouvait dans la salle de bains, au premier étage. Alice monta quatre à quatre l'escalier, en redescendit aussi vite et remplit une cuillère avec une lotion calmante. Après s'être baigné les yeux plusieurs fois, Oscar se sentit mieux.

« Comment va Martha ? » s'inquiéta-t-il.

Alice le rassura : elle reposait paisiblement.

« J'ai préféré ne pas lui dire ce qui vous était arrivé à tous les deux, ajouta-t-elle.

— Vous avez bien fait, approuva Oscar avec un sourire las. Nous garderons ça pour nous. »

Alice leur annonça que le dîner était presque prêt ; il ne lui restait plus qu'à faire griller les côtelettes d'agneau.

« Vous sentez-vous en état de manger ? demanda-t-elle.

— Oh ! oui », répondit vivement Ned.

Pendant que la viande grillait, Alice pria les deux hommes de lui raconter leur mésaventure.

« Je m'apprêtais à entrer dans la cage, commença Oscar, après avoir enjoint à Ned de rester au-dehors, quand quelqu'un s'est glissé derrière nous très vite, et nous a plaqué sur les narines de la ouate imbibée d'un liquide à l'odeur douceâtre. Une seule bouffée et nous sommes tombés ! Après cela, je ne me souviens plus de rien. »

Alice n'avait pas encore osé parler des oiseaux morts ; mais il le fallait maintenant, car Oscar aurait sans doute des dispositions à prendre.

En apprenant la triste nouvelle, M. Thurston baissa la tête, poussa un grand soupir, puis dit avec philosophie :

« Ce qui est fait est fait. C'est une grande perte pour moi, non seulement sur le plan sentimental mais aussi économique. Ce zoo représente mon seul moyen d'existence, nous y avons englouti tout notre argent. Je finirai par croire, comme Martha, qu'on nous a jeté un sort. »

Ned tenta de le réconforter. Il se déclara persuadé que le scélérat qui les avait attaqués ne courrait pas longtemps. Les tribunaux le condamneraient à dédommager M. Thurston de ses pertes.

« Espérons-le », répondit celui-ci.

Cependant Alice avait achevé les préparatifs du repas. Ils se mirent à table. Préoccupé, encore mal à l'aise, Oscar manquait d'appétit. Toutefois, pour ne pas éveiller les soupçons de sa femme qui, enfin réveillée, s'était jointe à eux, il goûta de tous les plats.

Le dîner terminé, Mme Thurston pria son mari de l'emmener dans sa chambre et de l'aider à se coucher. Pendant ce temps, Alice et Ned desservirent, lavèrent et essuyèrent la vaisselle. Tout était en ordre quand M. Thurston redescendit.

« Je m'en vais faire une ronde, dit-il. Voulez-vous m'accompagner tous les deux ? Notre agresseur a peut-être laissé des traces de son passage. »

Avant de sortir de la maison, il prit une lampe électrique et en donna une à Alice. Tandis qu'il allait de cage en cage afin de s'assurer que tout était en ordre, Alice et Ned se mirent à chercher des empreintes de pas. Hélas ! Elles étaient si nombreuses qu'il aurait été impossible de distinguer celles de l'inconnu de celles des visiteurs inoffensifs.

Vraisemblablement, l'agresseur d'Oscar et de Ned ne s'était pas approché de la maison. C'était du moins l'opinion d'Alice. Aussi suivit-elle les traces qui allaient des volières à la route.

À un endroit plus boueux que les autres, elle repéra des empreintes plus nettes et séparées des autres ; c'étaient celles d'un homme qui avait couru et glissé sur le sol détrempé.

« Inutile de continuer, dit Ned. Cela ne nous mènera à rien. »

Parvenus à la route, ils firent donc demi-tour. Ils étaient à mi-chemin des volières quand Alice, qui promenait le faisceau de sa torche de gauche à droite, s'arrêta net.

« Tu as vu quelque chose ? » demanda Ned.

Sans répondre, elle se dirigea vers des broussailles et dégagea un grand flacon vide portant une étiquette fraîchement collée :

Chloroforme !

« Voilà ce dont s'est servi votre agresseur », dit-elle.

Ned se pencha pour ramasser la bouteille. Alice le retint par le bras.

« Non, n'y touche pas. Enveloppons-la afin de ne pas effacer les empreintes. »

Retirant son écharpe, elle s'en servit pour enrouler le flacon qu'elle confia à Ned. Ils revinrent triomphalement à la maison où Oscar les avait précédés et lui montrèrent leur trouvaille.

« Ne croyez-vous pas qu'il serait bon d'avertir la police ? dit Alice. Si vous y consentez, nous pourrions, Ned et moi, apporter cette pièce à conviction au commissaire et lui raconter toute l'histoire.

— C'est une très bonne idée », approuva M. Thurston.

Peu après les deux jeunes gens prenaient congé de leur hôte en lui exprimant leur conviction que, sous peu, tous ses malheurs prendraient fin.

« Le Ciel vous entende ! dit-il en souriant. Je n'ose encore trop espérer. Un peu de répit me serait nécessaire, je l'avoue. Alice, c'est sur vous et sur votre père que je compte. Vous seuls pouvez mettre fin à cette histoire.

— Gardez courage, intervint Ned. Les Roy réussissent dans toutes leurs entreprises. Celle-là ne fera pas exception à la règle. »

Une demi-heure plus tard, Ned et Alice pénétraient dans le commissariat de Harper. M. Pfeiffer se disposait justement à rentrer chez lui, ce qui ne l'empêcha pas de leur faire bon accueil. Alice lui présenta Ned et lui raconta les manœuvres de harcèlement dont M. Thurston était l'objet.

« Ned va vous raconter l'agression dont M. Thurston et lui ont été victimes. »

Le visage grave, le commissaire écouta attentivement le récit du jeune homme. À plusieurs reprises, il fronça les sourcils d'un air préoccupé.

« Cette affaire est très sérieuse, dit-il enfin. Si cela continue, je placerai la propriété sous surveillance. Peut-être mes hommes réussiront-ils à prendre les coupables sur le fait. »

Alice lui tendit le flacon.

« Je suppose que vos services pourront y relever des empreintes digitales, dit-elle. C'est pourquoi j'ai préféré ne pas y toucher.

— En détective expérimentée que vous êtes », fit en souriant M. Pfeiffer.

Ouvrant un tiroir, il prit un sac de plastique et y glissa la bouteille.

« Je vais l'envoyer tout de suite au laboratoire », déclara-t-il.

Il promit de tenir Alice et M. Thurston au courant des résultats de l'enquête. Les jeunes gens le quittèrent et regagnèrent leur voiture.

Dans la grand-rue de Harper, Alice dit tout à coup :

« Ned, veux-tu aller avec moi à un spectacle de ballet ?

— Quel ballet ? Je sais que tu as suivi des cours de danse classique et moderne, mais cela me paraît une drôle d'idée.

— Je viens de voir une affiche, voilà d'où vient ma "drôle d'idée". Nous arriverons juste à temps pour assister à la représentation, et qui sait si nous ne récolterons pas des indices ?

— Des indices ? À un ballet ? fit Ned, interloqué. Tu perds la tête ?

— Non, répondit Alice avec assurance, elle est bien en place. J'ai le pressentiment que nous allons faire du bon travail. »

Chapitre 9

Un symbole obsédant

Riant de bon cœur, Ned oublia un instant la circulation pour jeter un regard à Alice assise, imperturbable, à côté de lui.

« Décidément tu es obsédée par les indices. On a peine à te suivre dans une pareille course. Si je comprends bien, tu n'as pas l'intention de me dire quoi que ce soit ?

— Non, fit la jeune fille en lui décochant un clin d'œil malicieux. À toi de deviner.

— C'est bon. Je relève le défi. Le temps de garer la voiture et je t'emmène au spectacle de ballet. »

Quand ils gagnèrent leurs places, la représentation commençait. Elle comportait tout un éventail de danses allant des ballets classiques aux danses contemporaines.

D'abord quatre danseuses en costumes transparents gris argent évoluèrent sur la scène. Alice observa Ned à la dérobée. Il s'agitait sur son siège, visiblement peu intéressé.

« Le prochain numéro te plaira davantage », lui souffla-t-elle à l'oreille en guise de consolation.

À peine les petites danseuses s'étaient-elles éclipsées avec grâce, que des hommes-grenouilles faisaient leur apparition. Ned réprima à grand-peine un fou rire. De crainte de mettre Alice dans l'embarras, il serra les lèvres. Mais au bout d'un moment, il se surprit à admirer l'originalité des costumes et l'habileté avec laquelle avaient été réalisés les masques de plongée. Bientôt la chorégraphie elle-même le fascina. Les danseurs exécutaient des mouvements et des sauts évoquant des évolutions sous-marines.

Le numéro terminé, Ned se tourna vers Alice.

« Je crois avoir deviné ce que tu es venue chercher ici. Tu supposes qu'un de ces hommes-grenouilles pourrait fort bien avoir joué le spectre aux dépens de la pauvre Mme Thurston. »

Alice répondit par un sourire. Ces déductions de Ned étaient exactes, toutefois aucun des danseurs présents ne semblait assez agile pour avoir parcouru d'un bond la distance indiquée par l'impressionnable épouse d'Oscar. Lors de l'entracte, la jeune fille exprima à Ned son désir d'interroger le propriétaire de la salle ou le directeur de la troupe.

Ils se rendirent donc dans le vestibule où Ned transmit à la caissière la requête d'Alice et écrivit leurs deux noms sur une carte.

« Je vais voir si le directeur peut vous recevoir », dit-elle.

Elle disparut et revint peu après.

« M. Van Camp vous recevra à la fin du spectacle. Il sera dans les coulisses avec les danseurs. »

En attendant la reprise du ballet, Alice réfléchit

aux questions qu'elle poserait au directeur de la troupe. Bientôt les spectateurs rentrèrent dans la salle, les lumières s'éteignirent, le rideau se leva.

Les projecteurs éclairèrent le premier danseur. D'après le programme, il s'agissait de Boris Borovski. Sa grâce, la parfaite maîtrise de ses muscles, sa beauté même étaient extraordinaires. Il entrecoupait l'enchaînement des mouvements de sauts spectaculaires. Au milieu d'une scène d'une grande intensité dramatique, il parut voler à travers les airs d'un bout à l'autre de la scène. Assise, tendue, au bord de son fauteuil, Alice ne perdait pas un seul de ses gestes. Elle entendit quelqu'un murmurer derrière elle que Boris n'était autre que Peter Pan déguisé.

Ned, lui aussi, retenait son souffle. Quand le rideau s'abaissa, il glissa à l'oreille d'Alice :

« Serait-ce lui ton grand méchant loup ? »

Elle haussa les épaules.

« C'est ce dont il faudra nous assurer à la fin du spectacle. »

Les applaudissements s'élevèrent en un vacarme assourdissant. Boris fut rappelé plusieurs fois sur scène et consentit à bisser quelques figures. D'autres danses suivirent, dont aucune ne fut comparable à la sienne. Il était incontestablement le triomphateur de la soirée.

Quand le rideau retomba définitivement, Alice et Ned se dirigèrent vers la scène, ouvrirent une petite porte donnant sur le côté, montèrent quelques marches et se retrouvèrent dans les coulisses. Un homme en complet bleu marine — apparemment le directeur — s'entretenait avec les danseurs, encore costumés.

Alice et Ned attendirent poliment qu'il eût terminé sa conversation, puis ils s'avancèrent vers lui.

« M. Van Camp ? » dit Ned.

L'homme inclina la tête.

« Vous êtes les deux jeunes gens qui désiraient me voir ?

— Oui, répondit Alice. Permettez-moi d'abord de vous dire combien nous avons apprécié ces ballets. Votre troupe est remarquable. »

Ned sourit.

« J'avoue avoir eu quelque réticence à venir ce soir. Mais je ne regrette pas de m'être laissé entraîner. Ce spectacle m'a beaucoup plu et j'ai en particulier admiré les exploits du sauteur. »

Le qualificatif sportif donné par Ted à la vedette du corps de ballet eut raison de la froideur manifestée au début par le directeur. Alice se risqua à poser sa première question.

« Existe-t-il dans cette ville un seul danseur qui puisse se comparer à Boris Borovski ?

— Oui, répondit M. Van Camp. Il appartenait autrefois à ma formation et c'est avec regret que je m'en suis séparé. C'était un des hommes les plus doués qu'il m'ait été donné de rencontrer au long de ma carrière. »

Le directeur promena un regard intrigué d'Alice à Ned.

« Pourquoi désiriez-vous le savoir ? Avez-vous une raison précise ? »

Alice réfléchit rapidement avant de répondre :

« Oui. Mon père est avocat, or un phénomène singulier s'est produit dans l'affaire dont il s'occupe actuellement. Un indice précieux pourrait être fourni par un danseur capable de sauter très haut et très loin. »

M. Van Camp ne se fit plus prier pour raconter qu'il avait été obligé de renvoyer le danseur à cause de ses relations douteuses et de son comportement contraire aux règles de sa profession.

« J'ignore ce qu'il est devenu. Je crains fort qu'il ait eu maille à partir avec la police. Il s'appelle Merlin Gantry ; sur scène il portait le nom de Merv Marvel.

— Pensez-vous qu'il soit homme à être mêlé à une escroquerie ? »

M. Van Camp fronça les sourcils.

« Il est capable de tout. Il s'adonne à l'hypnotisme et possède dans ce domaine des dons certains ; il peut faire n'importe quoi à certaines personnes. »

Le mot *hypnotisme* fit dresser l'oreille à Alice.

« Comment s'y prend-il ?

— Il avait, selon certaines rumeurs, tenté d'escroquer des gens superstitieux en les effrayant avec des signes cabalistiques de mauvais augure, comme par exemple celui qu'il a laissé sur mon bureau parce qu'il était furieux de son renvoi de la troupe.

— De quel signe s'agissait-il ? » demanda vivement Alice.

Complaisamment, le directeur tira un calepin de sa poche et avec un crayon traça un cercle coupé d'une croix. Alice faillit pousser un cri de joie. Enfin elle possédait un indice sérieux !

« D'après ce que l'on m'a dit, poursuivit M. Van Camp, ce signe porterait malheur. »

Alice se garda de tout commentaire.

« À propos, ajouta le directeur, si jamais Merv Marvel croise votre chemin, ne lui achetez rien de ce qu'il essaiera de vous vendre.

— Merci du conseil, répondit Ned avec un sourire. Nous en tiendrons compte. »

Cependant, du coin de l'œil, Alice vit que des danseurs attendaient à l'écart le moment de parler à M. Van Camp. Elle remercia celui-ci de l'obligeance avec laquelle il avait répondu à ses questions. Il l'interrompit en disant :

« Vous est-il déjà arrivé à tous deux de danser dans un ballet ? »

Ned rit de bon cœur.

« Je ne me suis produit jusqu'ici que sur des terrains de football. »

Alice, quant à elle, reconnut avoir pris des leçons de danse.

« Cela me plaisait beaucoup, ajouta-t-elle. Malheureusement, je n'ai pas appris à exécuter des sauts. Je m'y suis un peu exercée dans la classe d'acrobatie, mais pas assez. »

Les yeux de M. Van Camp pétillèrent.

« Boris, viens ici un instant », appela-t-il.

Le danseur s'avança. Le directeur fit les présentations et répéta ce que la jeune fille venait de dire.

« Je serais ravi de vous donner quelques leçons, proposa Boris. Auparavant j'aimerais vous voir danser.

— Musique ! » ordonna M. Van Camp aux musiciens qui discutaient un peu plus loin avec leur chef d'orchestre.

Rouge d'excitation, Alice enleva ses chaussures. Dès les premières notes, elle exécuta des figures simples, ensuite, prenant de l'assurance, elle se lança dans des pas plus compliqués. Les autres danseurs s'étaient rapprochés. Ils l'applaudirent spontanément.

« Bravo ! fit Boris. Prenez ma main. »

Quand ils se mirent à évoluer ensemble, Ned resta bouche bée devant les dons insoupçonnés de son amie de toujours. Il battit des mains avec vigueur.

Apparemment satisfait des débuts prometteurs de son élève, Boris l'encouragea à faire des bonds de plus en plus hauts. Le rythme s'accéléra. Malgré une légère crampe à la jambe, Alice voulut se surpasser.

Quand les dernières notes se turent, Boris étonna et embarrassa fort Alice en la serrant dans ses bras et en l'embrassant sur les deux joues.

« Vous êtes formidable ! » s'écria-t-il avec enthousiasme.

Très flattée, Alice remercia Boris Borovski, lui souhaitant une carrière triomphale, et prit congé de M. Van Camp.

« Si un jour vous cherchez du travail, venez me trouver, dit-il en lui tapotant amicalement l'épaule. Je suis enchanté d'avoir fait votre connaissance et celle de Ned. J'espère que nos chemins se croiseront de nouveau.

— Je l'espère aussi », répondit Alice.

Baissant la voix, elle ajouta :

« Merci des informations sur Merv Marvel. Je les transmettrai à mon père. »

Rouge de plaisir, elle quitta le théâtre en compagnie de Ned, qui était inhabituellement silencieux. Cette exhibition imprévue l'avait-elle agacé, ou éprouvait-il un soupçon de jalousie ?

Elle-même parla peu pendant le trajet du retour. Mais une fois rentré chez son père, elle se mit à raconter avec verve les incidents de la journée. Sarah et M. Roy prenaient tour à tour un air soucieux ou amusé. Ned se taisait. Soudain il se leva :

« Si vous le permettez, dit-il, je vais me coucher. Je suis très fatigué. »

Il leur dit bonsoir et monta aussitôt.

« Ned me semble un peu bizarre ce soir, dit M. Roy. Vous vous êtes disputés cet après-midi ? »

Alice rappela à son père l'attaque dont M. Thurston et le jeune homme avaient été l'objet.

« C'est sans doute cela, fit M. Roy, pensif. Il subit le contrecoup de cette pénible expérience. Le sommeil sera le meilleur des remèdes. »

Alice se reprocha de n'y pas avoir songé. Elle éprouva des remords d'avoir entraîné Ned au spectacle de ballet. Sur la demande de son père, elle refit le compte rendu détaillé des événements.

« Je te félicite, dit l'avocat. Tu as fait du bon travail aujourd'hui. Je vais mettre un homme sur cette affaire. Maintenant, au lit ! Tu as grand besoin de repos, toi aussi. »

Plus lasse qu'elle ne voulait se l'avouer, Alice s'endormit sitôt glissée entre ses draps. À l'aube, elle fut réveillée par un bruit de voix dans le vestibule.

Intriguée, elle se leva, passa la tête dans l'entrebâillement de sa porte. Sarah et M. Roy s'entretenaient, l'air grave, sur le palier.

« Qu'est-ce qui ne va pas ? demanda-t-elle.

— Ned est malade », répondit M. Roy.

Chapitre 10

Un entretien houleux

« Ned ? Malade ? répéta Alice. Je vais le voir. »

M. Roy posa une main ferme sur l'épaule de sa fille en secouant la tête.

« Non. Nous ignorons encore ce qu'il a. Cela peut être contagieux. Téléphone au docteur Black et prie-le de venir au plus vite. »

L'idée de déranger le médecin à une heure aussi matinale ne séduisait guère Alice, cependant elle comprit que son père avait de sérieuses raisons de parler ainsi. Quelques secondes plus tard, elle avait le docteur au bout du fil.

« Ici, Alice Roy. Notre ami Ned Nickerson est tombé malade chez nous. Vous serait-il possible de... ?

— J'arrive dans quelques instants », coupa le médecin.

Sarah le reçut dans le vestibule.

« Pourvu qu'il n'ait pas un empoisonnement alimentaire, dit-elle la mine sombre. Pourtant, je fais très attention à ce que j'achète, et aucun de nous n'a été incommodé... »

Alice, survenue sur ces entrefaites, l'assura qu'elle n'était sûrement pas responsable de l'état de Ned. Toutefois, elle s'inquiétait : le souper qu'elle avait préparé chez les Thurston ne comportait-il pas des denrées mal congelées ? Elle chassa cette pensée, car ils avaient tous goûté aux mêmes plats.

Elle en parla à Sarah.

« Sans être superstitieuse, conclut la gouvernante, je vais finir par croire qu'un sort a été jeté sur Ned à la ferme des Thurston. »

Cette remarque fit réfléchir Alice. Sachant qu'Oscar commençait son travail de très bonne heure, elle prit le téléphone, l'appela et lui demanda comment il se sentait. Il lui répondit que l'incident de la veille ne lui avait laissé aucune trace.

« Je suis en pleine forme, affirma-t-il, et me prépare à aller nourrir les oiseaux. »

Alice raccrocha.

« Que peut bien avoir Ned ? » se tourmentait-elle.

Juste à ce moment, M. Roy sortit de la chambre du malade en compagnie du docteur Black. Quand ils furent au bas des marches, Alice se précipita vers eux.

« Dites-moi ce qu'a Ned, je vous en prie, docteur », dit-elle.

Le médecin la regarda avec bonté.

« Il est bien mal en point, le pauvre garçon, toutefois son état ne présente aucune gravité. Je crois avoir établi le diagnostic. En suivant le traitement que je lui ai prescrit, il devrait être bientôt guéri. »

Le docteur Black précisa que Ned avait contracté

une maladie assez rare, transmise par des oiseaux : l'ornithose.

« Votre père m'a appris qu'il avait approché des bêtes qui en étaient atteintes. Pour être plus sûr, je vais faire procéder à des examens de laboratoire et je vous tiendrai au courant. »

Alice proposa de soigner Ned.

Le médecin s'y opposa énergiquement.

« Pas question ! L'ornithose est très contagieuse. Vous risqueriez de l'attraper tous. Je ferai transporter Ned à l'hôpital, dans une chambre isolée. »

Sarah s'avança.

« N'en faites rien, docteur. Je mettrai une blouse, un masque sur la bouche, enfilerai des gants et prendrai soin de lui. Vous me connaissez assez pour être sûr que je ne commettrai pas d'imprudences.

— Où sont les parents de Ned ? s'enquit le médecin.

— En Europe, répondit Alice. Oh ! papa, je t'en supplie, gardons-le ici.

— C'est au docteur Black qu'appartiendra la décision, déclara M. Roy.

— Je vous la ferai connaître sous peu, répondit le médecin en s'en allant.

— Papa, dit Alice, tu t'es approché de Ned. Pourvu que tu ne tombes pas malade à ton tour !

— Je suis en bonne santé, Alice, regarde-moi un peu ! Les microbes n'oseront jamais s'attaquer à moi », répondit-il en riant.

La jeune fille contempla avec admiration ce bel homme, aux larges épaules, au dos droit, aux membres élégants et ne put s'empêcher de sourire malgré son inquiétude.

Il lui passa un bras autour des épaules.

« Allons, cesse de te tourmenter inutilement. »

C'était plus facile à dire qu'à faire. Mais elle se tut et ils allèrent prendre le petit déjeuner à la salle à manger. Sarah et M. Roy montèrent à tour de rôle s'assurer que Ned n'avait besoin de rien. Il dormait.

Une heure plus tard, le téléphone sonna. Alice courut répondre. C'était le docteur Black. Il avait déjà les résultats des analyses.

« Votre ami Ned a bel et bien attrapé l'ornithose, dit-il. Je vous fais envoyer les médicaments tout de suite. Alice, je vous conseille de prévenir les Thurston des symptômes manifestés par Ned afin qu'ils puissent se soigner rapidement si pareille mésaventure leur arrivait.

— Je les appelle tout de suite », promit Alice.

Après avoir raccroché, elle forma le numéro de la ferme. À son vif soulagement, ce fut M. Thurston qui lui répondit. Il avait déjà enterré les cadavres des oiseaux et arrosé les cages de désinfectants.

« Aucune autre volière ne semble avoir été touchée par cette maladie, ajouta-t-il, et Rausch m'a rassuré sur l'état des autres animaux. Ils ne manifestent aucun signe inquiétant.

— Voilà qui me fait plaisir », fit Alice, soulagée.

En apprenant que Ned était malade, Oscar se montra navré.

« Je regrette d'être involontairement la cause de sa maladie, dit-il, car c'est chez moi qu'il a attrapé le virus. Je finis par me demander si l'intrus que vous avez surpris une première fois, et qui sans doute nous a attaqués hier, n'aurait pas délibérément infecté les oiseaux pour nous faire croire que nous étions victimes d'un mauvais sort.

— C'est une hypothèse à ne pas négliger. J'avoue y avoir songé. Quel crime de tuer d'aussi beaux oiseaux ! »

Alice proposa ensuite son aide et celle de ses deux amies. Elles ne courraient aucun risque si elles se bornaient à nettoyer les volières et à nourrir les rescapés. Oscar accepta cette offre avec reconnaissance. Aussitôt après avoir raccroché, la jeune fille appela les deux cousines qui s'inquiétèrent en apprenant que Ned était souffrant.

« Puisque l'on m'interdit de le soigner, dit Alice, que diriez-vous de m'accompagner à la ferme Thurston pour donner un coup de main à Oscar ? »

Elles acceptèrent volontiers. En chemin, les trois jeunes filles décidèrent d'acheter quelques provisions pour les Thurston, la pauvre Martha n'étant guère en état de se débrouiller seule.

Elles la trouvèrent dans son fauteuil roulant. Sa joie de les voir était touchante ; elle se mit à leur raconter un cauchemar qui la poursuivait depuis la nuit précédente : un immense bulldozer fonçait sur leur propriété, rasait tous les bâtiments, faisant s'envoler les oiseaux.

« Vous avez été très secouée hier, lui dit gentiment Alice. Il était à prévoir que vous passeriez une nuit agitée. Tâchez d'oublier ce mauvais rêve. Nous vous avons apporté quelques petites choses. Venez les voir, ensuite nous irons aider votre mari. »

Mme Thurston se montra très émue des gentilles attentions des jeunes filles. Elle fut enchantée des achats. Après avoir tout rangé dans les placards et le réfrigérateur, les trois amies la quittèrent.

Quand les cages eurent été nettoyées, les oiseaux nourris, les outils remis en place, M. Thurston les félicita.

« Vous êtes de rudes travailleuses, dit-il. Dommage que je ne puisse vous engager. »

Riant et parlant gaiement, ils regagnèrent la maison. Bess et Marion se chargèrent de préparer le déjeuner pendant qu'Alice répétait à Oscar la conversation que Ned et elle avaient eue avec M. Cliff, le conseiller municipal. L'attitude du conseiller déçut grandement M. Thurston sans toutefois le décourager. Il était d'un caractère optimiste.

« Je reste convaincu qu'il votera en ma faveur. Certes la lutte sera difficile. Le projet de M. Milford englobe d'autres terrains, que leurs propriétaires sont disposés à vendre, mais aucun n'est aussi étendu ni aussi bien situé que le mien.

— Cet après-midi, j'ai l'intention de rendre visite à un autre conseiller, un certain M. Ryan. Il possède un grand magasin de tissus, n'est-ce pas ?

— Oui, dans le centre de la ville. »

Oscar regarda au loin avant de reprendre d'une voix hésitante :

« Ce n'est pas un homme d'abord facile.

— Vraiment ? fit Alice.

— Il est dur en affaires, discute pendant des heures pour un centime et, aux réunions du conseil municipal, il ne démord jamais de ses opinions. Je vous souhaite bonne chance, Alice. Vous ne manquez pas de persuasion, vous réussirez peut-être à l'amadouer. »

Peu après deux heures, les trois amies remontèrent en voiture. Arrivées dans le quartier commerçant de Harper, elles se garèrent devant le magasin de tissus et y entrèrent. Alice demanda à parler au propriétaire. Il était dans un bureau ouvrant sur la galerie.

« Montez, dit le jeune vendeur auquel elle s'était adressée. Vous n'aurez qu'à frapper. »

Suivie de Bess et de Marion, elle grimpa lestement les marches et donna trois coups discrets à la porte. Une voix autoritaire tonna :

« Entrez ! »

À la vue des trois visiteuses, M. Ryan, assis derrière une vaste table, aboya :

« Êtes-vous employées ici ?

— Non, monsieur », répondit calmement Alice.

Constatant qu'il ne faisait aucun effort pour poursuivre la conversation, elle reprit :

« Nous avons entendu parler du projet concernant un vaste ensemble immobilier à proximité de Harper. Cela vous amènera un grand nombre de clients. Vous devez vous en féliciter.

— Oui, sans doute, marmonna-t-il sans se compromettre davantage. Mais que me voulez-vous ? ajouta-t-il brusquement. Je n'ai pas de temps à perdre en bavardages. Je suis un homme très occupé. »

Bess l'assura qu'elles ne s'attarderaient pas. Se tournant vers Alice, elle lui fit signe de parler.

« Monsieur, nous avons inspecté le secteur où l'on envisage de bâtir ces immeubles. Il englobe le zoo et les volières de M. Thurston.

— C'est exact, convint le directeur.

— Cet ensemble qui aurait les dimensions d'un

grand village ne serait-il pas beaucoup plus attrayant si l'on maintenait intacte la propriété de M. Thurston ?

— Expliquez-vous ! » jeta M. Ryan.

Alice lui exposa la disposition architecturale telle qu'elle la concevait : un groupe d'immeubles à plusieurs étages donnant sur un lac artificiel, une piscine, un parc, un vaste terrain de jeux, des tennis et, de l'autre côté du lac, le zoo et les volières de M. Thurston.

D'une voix convaincante, elle ajouta :

« Les enfants des propriétaires et des locataires seraient ravis de pouvoir se rendre au zoo, et d'apprendre de la bouche d'Oscar Thurston les mœurs des diverses variétés d'animaux. Les adultes s'y intéresseraient aussi. »

Le conseiller réfléchit un instant. Soudain son expression changea ; il eut un sourire sarcastique.

« Qui vous a chargée de me soumettre cette proposition ?

— Personne », répondit Alice.

Marion et Bess le lui confirmèrent.

« Je ne vous crois pas, vociféra M. Ryan. D'ailleurs peu m'importe de le savoir ou non. Dites à celui qui vous a envoyée de s'occuper de ses propres affaires. Je voterai comme il me plaira, sans me soucier de l'avis de qui que ce soit. Sachez en outre que j'ai décidé d'appuyer la demande d'expropriation à l'encontre des Thurston. »

Repoussant sa chaise d'un geste brusque, il marcha vers la porte, l'ouvrit toute grande, fusilla du regard les visiteuses.

« Vous m'avez fait perdre un temps précieux. Je vous serais reconnaissant de partir, maintenant. »

Elles sortirent sans un mot. Une fois dehors, Marion explosa :

« Quel mufle et quel pauvre imbécile !

— Impossible d'imaginer quelqu'un à l'esprit aussi borné ! » renchérit Bess.

Alice poussa un profond soupir.

« Je reconnais que cet entretien a été plutôt décevant. Cela dit, je ne renonce pas à poursuivre mes démarches. Dès que possible, je rendrai visite aux autres conseillers. Il en reste trois. »

Quand les jeunes filles arrivèrent près de la voiture, Alice pria Marion de conduire.

« Je ne sais pas pourquoi, mais je me sens épuisée. Pourtant je n'ai pas fait grand-chose aujourd'hui. Passons chez toi d'abord, je reprendrai le volant ensuite. »

Marion déposa en premier sa cousine Bess, puis se dirigea vers sa maison. En cédant la place à Alice, elle lui conseilla de se reposer après le déjeuner et de se coucher de bonne heure ce soir-là.

« C'est promis », répondit Alice en démarrant.

Après avoir rangé la voiture au garage, elle entra chez elle par la porte de la cuisine. Sarah descendit presque en courant l'escalier pour venir à sa rencontre.

« Alice, lui cria-t-elle du vestibule. Ned semble aller plus mal et je n'arrive à joindre ni ton père, ni le docteur Black. Je ne sais plus quoi faire. »

Elle se tut pour reprendre haleine.

« Il délire. Il ne cesse de t'appeler. Il répète qu'il doit te voir... que c'est urgent ! »

Aussitôt, Alice se précipita vers l'escalier.

« S'il désire me voir, j'y vais. »

Sarah la saisit par le bras.

« Non. Le docteur Black et ton père t'ont formellement interdit l'accès de sa chambre.

— Je ne l'oublie pas, fit Alice. Je m'arrêterai sur le seuil, je te le promets. »

Rassurée, la gouvernante lui lâcha le bras. Alice monta les marches quatre à quatre.

« Oh ! Ned, murmurait-elle, il faut que tu guérisses. Il le faut ! »

Chapitre 11

Où est Petra ?

La jeune fille resta sur le pas de la porte. Ned s'agitait dans son lit, répétant inlassablement le nom d'Alice. De temps à autre, il marmonnait des paroles indistinctes.

Le désir de les comprendre et d'apaiser le malade fut le plus fort ; oubliant sa promesse, Alice se rapprocha du lit.

Ned entrouvrit les yeux et, en un bref éclair de lucidité, la reconnut. Tendant une main, il voulut s'emparer des siennes. Le cœur chaviré, mais obéissante, elle recula hors de sa portée. Il laissa retomber la main avec une expression navrée.

« Ned, murmura-t-elle. Ned, tu vas guérir bientôt. Dis-moi ce qui te tourmente.

— Oui, répondit-il... oui... Doigts Agiles doit l'avoir... retrouve-le, Alice. »

Refermant les paupières, il sombra dans un profond sommeil.

Désemparée, Alice le contemplait sans comprendre. Que voulait-il dire ? Au bout d'un moment, elle aboutit à la seule conclusion qui lui parût logique : Doigts Agiles avait contracté l'ornithose en pénétrant dans la volière. C'est du moins ce que pensait Ned.

« Il croit que ce misérable est, lui aussi, tombé malade et a dû se faire hospitaliser ou consulter un médecin. Si je réussissais à découvrir où il se terre, la police l'arrêterait. »

Oui, mais où pouvait-il bien se cacher ? À quelle distance de River City ? À moins qu'il ne fût à Harper ou dans ses environs ? C'était le plus vraisemblable puisqu'il s'attaquait aux Thurston.

Alice jeta un coup d'œil à son bracelet-montre. Il n'était pas encore très tard.

« Je vais faire le tour des hôpitaux de Harper et m'informer si un malade du nom de Clyde O'Mayley ne serait pas entré hier ou aujourd'hui », décida-t-elle.

Elle mit Sarah au courant de son projet et lui promit de rentrer dès que possible.

« Tu t'obstines à chercher une aiguille dans une meule de foin », bougonna la gouvernante.

Alice sourit.

« Voyons, Sarah, ne me répètes-tu pas toujours qu'il suffit d'avoir un bon aimant pour retrouver une aiguille dans une meule de foin ? »

Sarah ne put s'empêcher de rire.

« Je suis contente de constater que tu te rappelles à l'occasion ce que je te dis. »

Alice la serra dans ses bras.

« Tu ne peux pas savoir combien tu m'as aidée et m'aides dans mes enquêtes. Espérons que je trouverai l'aiguille, autrement dit Doigts Agiles. »

Puis Alice prit l'annuaire du téléphone pour y relever l'adresse des hôpitaux de Harper. Il n'y en

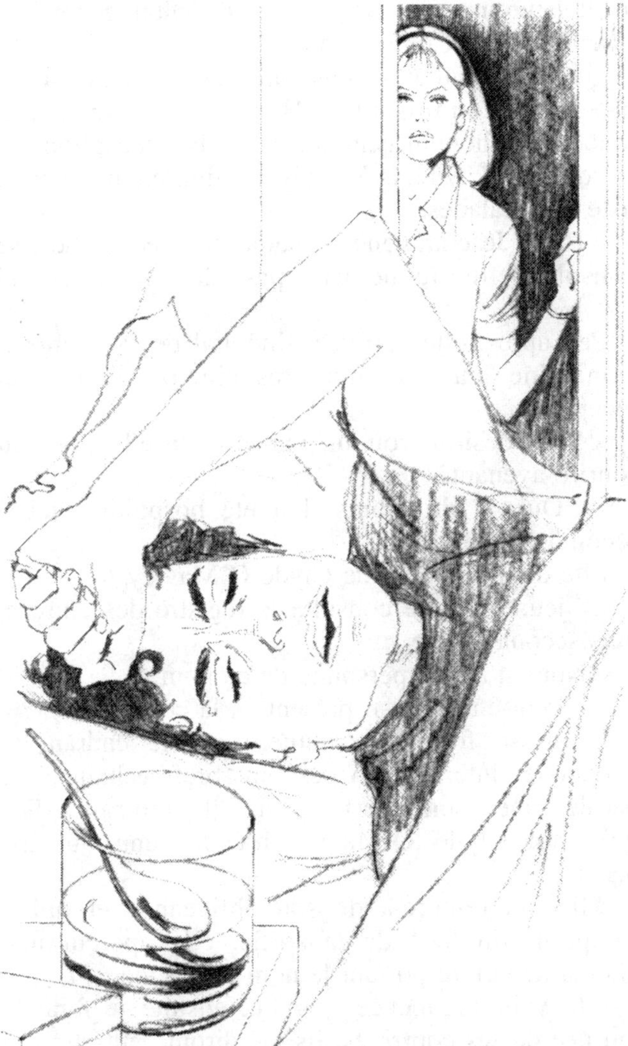

avait heureusement que deux : l'hôpital général et l'hôpital de la Compassion.

Quelques minutes plus tard, elle roulait sur la nationale conduisant à Harper. Elle se rendit d'abord à l'hôpital général. À sa vive déception, on lui dit que Clyde O'Mayley ne figurait pas sur la liste des malades.

« Bah ! Je commence à peine mes recherches, se consola-t-elle. Je ne vais pas me décourager si vite ! »

Peu après, elle entrait à l'hôpital de la Compassion. Une jeune femme très aimable était à la réception.

« Vous désirez voir un malade ? fit-elle avec un sourire avenant.

— Oui, si du moins il a été hospitalisé ici », répondit Alice.

Elle donna le nom de Clyde O'Mayley.

La jeune femme consulta le registre des entrées, puis secoua la tête.

« Nous n'avons personne de ce nom.

— Peut-être s'est-il présenté à la consultation ? »

L'hôtesse forma un numéro sur le cadran du téléphone intérieur. Après un bref échange de paroles avec son interlocuteur, elle informa Alice qu'aucun Clyde O'Mayley n'était venu au dispensaire.

Alice la remercia de son obligeance et quitta l'hôpital. En face de la sortie, elle aperçut une plaque de cuivre portant le nom d'un médecin.

« Je vais commencer par lui, ensuite je ferai la tournée de ses confrères. Ils me diront peut-être s'il est venu les consulter. »

Le feraient-ils ? Rien n'était moins certain. Le

secret professionnel ne le leur permettrait pas. Mieux valait essayer de faire parler leurs secrétaires.

Alice traversa la chaussée, pressa le bouton de sonnette, la porte s'ouvrit automatiquement. La jeune fille entra dans un salon d'attente. Il était vide. Une jeune femme apparut presque aussitôt et lui annonça que le docteur n'arriverait que dans une heure.

« Je désirais lui poser une question à laquelle vous pourrez peut-être répondre », dit Alice.

Tout en parlant, elle réfléchissait. Tout à coup une idée lumineuse lui vint.

« À une réunion, j'ai rencontré un homme d'une trentaine d'années, un certain Clyde O'Mayley. Un de mes amis et moi l'avons ramené jusqu'au centre de Harper, où nous l'avons laissé. Or, cet ami a attrapé une maladie très contagieuse : l'ornithose. Nous aimerions nous assurer que M. O'Mayley ne l'ait pas contractée à son tour, mais nous n'avons pas son adresse, et son nom n'est pas dans l'annuaire. Aurait-il par hasard consulté le docteur ?

— Je ne le pense pas. Ce nom ne me dit rien. Pour plus de sûreté, je vais vérifier. »

Elle disparut et revint quelques minutes plus tard.

« Non, il n'est pas sur la liste des clients du docteur ni sur son carnet de rendez-vous. »

Alice la pria de lui indiquer les noms et adresses des autres médecins de la ville.

« J'irai les trouver les uns après les autres », dit-elle.

Obligeamment, la secrétaire lui fournit la liste qu'elle demandait. Douze médecins se partageaient les divers quartiers de Harper.

« J'espère que vous aurez du succès dans vos recherches », dit la secrétaire.

Alice la remercia de sa gentillesse.

« Est-ce bien par souci de sa santé que vous prenez tant de peine ? insinua malicieusement la jeune femme, ou parce qu'il est bel homme ? »

Devant ce regard ouvert, Alice eut soudain honte de sa ruse.

« Je vais vous dire la vérité, dit-elle. Il ne m'a nullement séduite par sa beauté ni par son intelligence. C'est un criminel et, je crois, l'agresseur de l'ami dont je vous parlais. Si par hasard il se présentait ici, prévenez tout de suite la police. »

La secrétaire ouvrit des yeux ronds, stupéfaite de cette révélation. Comment une jeune fille aussi jolie et apparemment aussi douce pouvait-elle traquer un malfaiteur ?

Les deux heures qui suivirent parurent longues à la malheureuse détective. Elle alla de médecin en médecin, débitant à chacun la même histoire, en vain. Enfin, il ne resta plus que trois noms sur sa liste.

« J'ai l'impression que Sarah ne s'est pas trompée. C'est pire que de chercher une aiguille dans une meule de foin ! » soupira-t-elle en remontant une fois de plus en voiture.

Elle se rendit à l'adresse suivante. Quelle ne fut pas sa surprise d'être accueillie par une de ses anciennes camarades d'école !

« Evelyne ! s'écria-t-elle. Par exemple ! Je ne savais pas que tu avais suivi des cours de secrétariat médical !

— C'est mon premier emploi. Je travaille à mi-temps.

— Nous nous étions perdues de vue depuis ton départ de River City.

— Je n'en crois pas mes yeux, fit Evelyne en riant. Alice Roy ! Tu m'as manqué, figure-toi ? Que deviens-tu ?

— Oh ! Je m'occupe », répondit Alice vaguement.

Evelyne eut un sourire entendu.

« Serais-tu à la poursuite de quelque hors-la-loi ?

— Tu ne crois pas si bien dire ; c'est la raison qui m'amène ici, fit Alice en riant.

— Le docteur est absent. Puis-je t'aider ?

— Je voudrais savoir si un homme du nom de Clyde O'Mayley, atteint d'ornithose, est venu consulter le docteur.

— Est-ce un abominable scélérat ? demanda Evelyne avec une curiosité amusée.

— Plus ou moins, répondit Alice sans se compromettre.

— Non. Aucun Clyde O'Mayley ne s'est présenté ici », répondit Evelyne.

Devant la mine déçue de son amie, elle reprit :

« Attends. J'ai peut-être quelque chose d'intéressant à ajouter. Le docteur a reçu un client atteint d'ornithose. Il a dit s'appeler Arthur Clyde.

— Pourrais-tu me le décrire ?

— Oui, je m'en souviens bien à cause de la maladie assez rare dont il souffrait. »

Elle fit une description correspondant point par point à celle de l'homme recherché par la police. Alice ne se tenait plus de joie.

« A-t-il pris un autre rendez-vous ? » demanda-t-elle.

Evelyne feuilleta l'agenda.

« Oui, il doit revenir demain, à quatre heures.

— Je vais tout de suite prévenir le commissaire de police, dit Alice. Il placera des inspecteurs en civil aux alentours. Si le malade est bien Doigts Agiles, ils l'arrêteront.

— Qui ? » fit Evelyne, interloquée.

Alice se mit à rire.

« C'est le surnom porté par Clyde O'Mayley dans les milieux douteux qu'il fréquente. »

Evelyne hocha la tête.

« Alice Roy, tu es réellement impossible ! Moi qui croyais autrefois que tu deviendrais danseuse professionnelle. Tu possédais des dons étonnants. Et te voilà détective ! Il est vrai que dans les classes élémentaires tu te passionnais déjà pour les mystères et les énigmes policières. »

Les deux camarades bavardèrent encore un moment, puis Alice déclara qu'il lui fallait passer au commissariat avant de rentrer chez elle.

« À propos, aurais-tu remarqué quelque chose de particulier chez notre suspect ? Cela permettrait de le retrouver plus facilement dans le cas où il ne reviendrait pas demain.

— Oui, en effet. Le docteur m'a appelée à un moment donné et j'ai vu une marque étrange sur le bras gauche de son patient. Un tatouage. Je n'en avais jamais vu de semblable.

— Décris-le-moi, demanda Alice.

— Un cercle coupé d'une croix. Les lignes horizontale et verticale formaient deux diamètres du cercle. »

Alice étouffa une exclamation. C'était le signe dont se servait aussi Merv Marvel ! Elle n'en dit rien à Evelyne. Doigts Agiles et Merv Marvel seraient-ils complices ? Une seconde pensée lui vint. Peut-être Merv avait-il hypnotisé Doigts Agiles, le contraignant à se laisser tatouer ce signe étrange ? En tout cas, une chose était à peu près certaine : le tatouage était de date récente car la fiche d'identité judiciaire ne comportait pas cette indication.

Alice reprit à haute voix :

« Ce renseignement est très précieux, Evelyne. Merci beaucoup. Il faudra que nous nous revoyions un de ces jours.

— Avec grand plaisir. »

Au sortir du cabinet de consultation, Alice alla chez le commissaire. Il l'accueillit avec le sourire.

« Je suis content de vous voir. Les empreintes relevées sur la bouteille de chloroforme sont bien celles de Doigts Agiles. M'apportez-vous de nouveaux indices qui me permettront de procéder à son arrestation ?

— Oui », fit Alice avec une moue malicieuse.

M. Pfeiffer écouta attentivement son récit. Quand elle l'eut achevé, il ne lui ménagea pas les éloges.

« Vous avez accompli là un travail remarquable. Je vais placer des hommes aux abords de la maison de ce médecin. Espérons qu'ils prendront le poisson au filet.

— Si, par malchance, il ne venait pas pour une raison ou une autre, vos inspecteurs auront du moins un indice de plus : son tatouage. Cela facilitera son identification.

— En effet », approuva le commissaire.

Alice se leva pour partir. M. Pfeiffer l'accompagna jusqu'à la sortie. Elle s'apprêtait à monter en voiture quand elle aperçut Rausch, l'employé d'Oscar, qui venait dans sa direction.

« Oh ! fit-il, surpris à sa vue. Bonjour, mademoiselle, je suis bien content de vous rencontrer. »

La jeune fille lui donna une poignée de main et attendit qu'il parlât. Il lui apprit que Kammi avait téléphoné aux Thurston au début de l'après-midi.

« Elle était bouleversée. Son bien-aimé torcol, Petra, a disparu.

— Comment ? Que dites-vous ?

— Il semblerait que quelqu'un se soit introduit, par la fenêtre, dans sa chambre et ait ouvert la cage. Impossible de savoir si l'oiseau s'est envolé ou si l'intrus s'en est emparé.

— Pauvre Kammi ! Quand cela s'est-il produit ?

— Au cours de la matinée, sans doute, répondit Rausch. Kammi ne s'est aperçue de la disparition qu'à l'heure du déjeuner, en remontant chez elle à la fin des cours.

« Elle est désolée, poursuivit Rausch, et plus encore terrorisée. Elle chérissait cet animal. Maintenant, elle est convaincue qu'on lui a jeté un sort. Elle a même raconté à Oscar qu'elle en subissait déjà les conséquences.

— Lesquelles ? » voulut savoir Alice.

Rausch ne put répondre à cette question, Kammi s'étant refusée à fournir le moindre détail.

« Bah ! fit l'employé en regardant Alice droit dans les yeux. Je suis sûr que vous le découvrirez sans peine. »

Chapitre 12

Le mauvais sort

Alice n'eut aussitôt qu'une pensée : consoler Kammi.

« Elle semble avoir confiance en moi, se disait-elle. Ma présence la réconfortera et l'incitera peut-être à parler. »

Elle remonta en voiture bien décidée à se rendre à l'université de Harper, mais à peine fut-elle assise au volant que la fatigue qu'elle avait ressentie en fin de matinée s'accentua. Elle éprouvait une lassitude extrême, l'impression de flotter dans l'air ; les simples gestes de tirer le bouton du démarreur, de tourner le volant pour déboîter du trottoir exigèrent d'elle un effort presque surhumain.

« Je ferais mieux de ne pas conduire trop longtemps, conclut-elle. Qu'est-ce qui m'arrive ?... »

Elle se résigna de mauvaise grâce à regagner River City. Elle avait besoin de repos. L'esprit toujours dans le vague, elle s'engagea sur la nationale et, presque machinalement, arriva chez elle. Descendue de voiture, elle reprit courage. Sans doute n'était-ce qu'un malaise passager.

« Comme il fait chaud ce soir ! » murmura-t-elle, étonnée.

Sarah sortit à sa rencontre.

« Comment va Ned ? » demanda Alice.

La gouvernante la rassura : il se portait beaucoup mieux.

« La fièvre s'est dissipée, dit-elle avec un bon sourire. Tu peux sans danger lui tenir compagnie. Tout risque de contagion me paraît écarté. Ton père ne rentre pas avant dix heures. Si cela te convient, je vais vous préparer deux plateaux et vous pourrez dîner ensemble.

— Tu es un amour ! s'écria Alice. J'ai tant de choses à lui raconter ! »

Elle avait de plus en plus chaud. Pour se rafraîchir, elle prit une douche et se changea. Ensuite, elle alla auprès de Ned.

« Bonsoir, dit-elle gaiement. Je suis heureuse de te retrouver dans un meilleur état que ce matin. Tu nous as fait une de ces peurs... ! »

Ned grimaça un sourire.

« Navré de vous avoir causé des émotions. Je me sentais vraiment mal. Cela dit, c'est agréable d'être dorloté par Sarah. J'ai bien envie de continuer.

— N'essaie pas, misérable ! » gronda Alice.

Reprenant son sérieux, elle lui relata par le menu les événements de la journée. Ned poussa un sifflement admiratif et exprima ses regrets de ne pas avoir aidé son amie dans ses démarches.

« Je me rattraperai, promit-il. Parle-moi encore de Kammi. »

Alice lui dit tout ce qu'elle en savait.

« J'irai la voir demain à l'université, conclut-elle. Peut-être me confiera-t-elle ce qui la tourmente, et si son torcol n'est pas rapidement retrouvé, je partirai à sa recherche. »

Elle n'ajouta pas qu'elle avait renoncé à se rendre ce soir à l'université en raison de son extrême lassitude. De nouveau elle ressentait l'impression bizarre de flotter. Bah ! un peu de faim sans doute ; à midi elle avait à peine grignoté un sandwich.

Sarah apparut poussant une table roulante chargée de bouillon de poulet, de jambon, de salade de laitue et de compote de fruits, le tout disposé avec art.

Malgré cette présentation séduisante, Alice n'éprouvait soudain plus aucun appétit. Elle se força à goûter de chaque plat, mais la tête lourde, les oreilles bourdonnantes, elle finit par avouer sa fatigue à Ned.

« J'ai exagéré aujourd'hui. Si tu savais comme j'ai marché, parlé ! Je suis allée au-delà de mes forces. Pardonne-moi de te fausser compagnie, mais vraiment je ne tiens plus debout, je vais me coucher. »

Ned prit un air déçu.

« Sarah m'a promis une surprise. Vraisemblablement un de ces merveilleux desserts dont elle a le secret. »

Alice hésita. Ses paupières la piquaient, elle dormait debout.

« Non, impossible, j'ai les jambes flageolantes. Bonsoir, Ned. »

Un quart d'heure plus tard, Sarah vint s'enquérir de son état.

« Que se passe-t-il ? demanda-t-elle. Es-tu malade ?

— Non, non, inutile de te tourmenter, répondit Alice. Je meurs simplement de sommeil.

— Dans ce cas, dors vite et fais la grasse matinée demain. »

Sarah sortit en refermant sans bruit la porte de la chambre.

Elle se rendit auprès de Ned et lui confia ses craintes. Nullement inquiet, le jeune homme lui répondit qu'une bonne nuit suffirait à remettre Alice d'aplomb. Sarah n'en croyait rien. La jeune fille manifestait des symptômes assez semblables à ceux de Ned.

« Il est vrai qu'elle ne se ménage pas quand elle est aux prises avec un mystère difficile », se dit la gouvernante en essayant de chasser ses idées noires.

Alice avait sombré dans un lourd sommeil. Vers minuit, elle se réveilla, la tête brûlante, le corps en sueur. En s'appuyant au mur, elle gagna le bout du couloir, ouvrit la porte de Sarah, qu'elle trouva assise dans son lit, plongée dans un livre.

« Peux-tu venir ? Je me sens si mal ! »

En quelques secondes, la gouvernante se leva, enfila une robe de chambre, des pantoufles et soutint Alice jusqu'à sa chambre, où elle l'aida à se recoucher.

Allumant la lampe de chevet, elle scruta le visage de la jeune fille.

« Je crois que tu as attrapé la même maladie que Ned ! s'écria-t-elle. Oui, tu as l'ornithose. Vraiment, vous n'avez pas de chance. »

M. Roy avait entendu leurs voix, il accourut. Sa fille lui sourit avec peine. Après l'avoir examinée, il tomba d'accord avec les conclusions de Sarah.

« C'est une bonne chose que nous ne soyons pas superstitieux, dit-il, sinon nous pourrions croire qu'un esprit malfaisant cherche à tirer vengeance de nous. »

Alice marmonna quelques paroles indistinctes avant de sombrer de nouveau dans un sommeil agité. M. Roy et Sarah hésitèrent un instant : fallait-il lui administrer les mêmes médicaments qu'à Ned ou téléphoner au médecin ? Finalement, il décidèrent d'appeler le docteur Black.

« Je passerai de bonne heure demain matin, dit-il après avoir écouté les explications de M. Roy. En attendant, si Alice dort, ne la réveillez surtout pas, sinon donnez-lui trois des comprimés que j'ai prescrits pour Ned. »

Le lendemain il confirmait le diagnostic : Alice avait l'ornithose.

« Par bonheur, elle l'a moins forte que Ned. Ils seront en convalescence ensemble. »

Après le départ du médecin, M. Roy s'entretint avec Sarah dans la cuisine.

« Si celui ou celle qui est derrière ces prétendus ensorcellements venait à apprendre qu'Alice et Ned sont tombés malades, il ou elle en ferait des gorges chaudes. M. Thurston m'a confié le soin de régler son litige avec la société immobilière et voilà que ma propre fille a contracté la maladie qu'un scélérat a répandue chez les oiseaux, en contaminant leur nourriture !

— Ce Clyde O'Mayley qu'Alice soupçonne a peut-être, lui aussi, attrapé l'ornithose, fit observer Sarah.

— C'est vrai ! » répondit M. Roy, pensif.

Vers midi, Alice se sentit suffisamment bien pour s'entretenir par téléphone avec Bess et Marion.

Les deux cousines écoutèrent avec attention le récit des faits et gestes de leur amie et apprirent avec consternation qu'elle était malade.

« J'espère que ce méchant virus vous laissera en paix, conclut Alice. À propos, les empreintes relevées sur la bouteille de chloroforme sont bien celles de Doigts Agiles.

— Hourra ! s'exclama Marion. Rassure-toi, nous nous portons à merveille toutes les deux et nous sommes impatientes de t'apporter notre précieuse collaboration... Quels sont tes ordres, chef ?

— J'avais l'intention d'interroger aujourd'hui un autre conseiller, Thomas Winnery. Pourriez-vous vous en charger ? Vous savez ce qu'il faut lui dire. »

Les deux cousines promirent de le faire. M. Winnery dirigeait un quotidien à grand tirage. C'était un journaliste de talent.

Bess et Marion se mirent aussitôt en route. Elles furent reçues par un homme de belle stature, aux cheveux poivre et sel, assis derrière un vaste bureau encombré de papiers, dans une pièce aux boiseries de chêne clair. Il les accueillit avec une si grande amabilité qu'elles n'eurent aucune peine à engager la conversation. Après s'être présentées, elles lui exposèrent le motif de leur visite.

« Nous venons de la part de notre amie, Alice Roy. Nous avons toutes les trois beaucoup admiré le jardin zoologique de M. Thurston et surtout ses volières. Or, nous avons appris avec consternation qu'on envisageait de raser la propriété et de construire sur son emplacement des immeubles d'une vingtaine d'étages.

— C'est exact, répondit M. Winnery. De nouvelles industries vont être implantées dans la région et le besoin de logements se fera cruellement sentir. »

Bess intervint.

« Ne pensez-vous pas que le projet de construction gagnerait beaucoup à préserver un aussi bel environnement ? Pourquoi ne pas bâtir les immeubles devant un lac artificiel, prévoir une piscine, un parc, des terrains de jeux ? »

M. Winnery reconnut que, en effet, l'aspect social du problème, dont l'importance ne lui échappait pas, avait été un peu escamoté. Tout le monde parlait de « qualité de vie » ; il était temps de passer de la théorie à la pratique.

« Vous souhaiteriez que les promoteurs tiennent compte de vos suggestions ? demanda-t-il en souriant.

— Nous souhaiterions davantage, répondit Bess. Si, de l'autre côté du lac artificiel, on conservait les bâtiments et le terrain de M. Thurston, si on gardait tous les oiseaux et les autres animaux de son zoo, ne croyez-vous pas que ce serait une attraction unique pour les enfants qui habiteraient dans ces immeubles ? »

M. Winnery se renversa dans son fauteuil, croisa les mains devant son visage, les reposa sur la table.

« Votre idée est séduisante, dit-il enfin. De qui est-elle ? »

Bess et Marion répondirent avec un parfait ensemble :

« D'Alice Roy, notre amie.

— Eh bien, priez votre amie de me tracer une esquisse de son projet. Si elle réussit à y incorporer autant de logements que sur les plans qui nous ont été soumis, j'en parlerai à mes collègues et m'efforcerai de les convaincre. »

Marion rayonnait de joie.

« Vous pourriez... aussi... peut-être en parler favorablement dans votre journal ? » risqua-t-elle.

Le conseiller municipal ne put s'empêcher de rire.

« Ne soyez pas si pressée, jeune fille. Laissez-moi le temps de réfléchir. Dites cependant à votre amie que j'étudierai d'un œil favorable sa proposition. »

Bess et Marion quittèrent le bureau de M. Winnery le cœur plein d'espoir.

Au cours de cet entretien, Marion avait cru voir la porte s'entrebâiller sans bruit et une paire d'yeux les observer à la dérobée. Était-ce un employé, une secrétaire guettant leur départ pour soumettre une lettre à son patron, s'était demandé Marion, ou un indiscret animé de noirs desseins ? À force de s'occuper de mystères, les deux cousines en étaient venues à soupçonner tout un chacun.

À l'extrémité du couloir, elles aperçurent un homme dont l'allure furtive les intrigua. Il s'empressa de disparaître derrière une porte. Marion fit part à Bess de son inquiétude.

« Il se comporte certainement d'une manière bizarre, dit celle-ci. On dirait qu'il cherche à nous éviter. »

Tout en parlant, elles arrivèrent près de la réception. Un jeune homme s'avança vers elles, le sourire aux lèvres.

« Je m'appelle Gustave. M. Winnery vient de m'appeler par l'interphone. Il m'a donné l'ordre de vous faire visiter les locaux du journal si cela vous intéresse.

— Certainement », répondit aussitôt Marion.

Moins enthousiaste, Bess n'osa pas protester.

Gustave ouvrit une porte et les fit entrer dans une vaste salle contenant des petites presses d'imprimerie alignées sur un côté. Au centre de la pièce, de grandes étagères supportaient des piles de papier de couleur et des cartons.

« C'est là que s'accomplit presque tout le travail, expliqua le jeune guide. Nous imprimons des affiches, des banderoles, des pancartes. Ce sont des presses à platine, ainsi appelées d'après les plaques de métal qui les recouvrent et servent à presser le papier contre les caractères encrés.

— Que de bidons d'encre ! s'exclama Bess. Certains sont ouverts...

— En fait d'encre, interrompit Gustave, regardez, c'est plutôt de la pâte qu'un liquide. Il y en a de plusieurs couleurs. Les pots que vous voyez sur les étagères du bas contiennent de la colle. Maintenant, venez voir nos rotatives. »

Les deux cousines suivirent le jeune homme. Ils franchirent une petite porte, traversèrent une aire de parking, entrèrent dans une longue bâtisse.

« Quelle énorme presse ! s'écria Bess. Est-ce là que l'on imprime le journal local ?

— Oui. Cette presse fonctionne à l'électricité. Celle-ci imprime six immenses rouleaux de papier. »

Il leur désignait des rouleaux blancs, longs de deux mètres, prêts à être utilisés.

Bess et Marion contemplaient avec respect l'énorme machine capable d'accomplir ce travail d'Hercule.

« Nous avons surnommé Grosse Bertha le réservoir géant que vous voyez sur le côté, reprit Gustave. On y verse l'encre noire servant à imprimer. »

Bess ouvrait de grands yeux devant ce cylindre renversé, terminé par une sorte d'entonnoir. Jamais elle n'aurait imaginé qu'il pût être rempli d'encre.

« J'aimerais revenir un jour où les rotatives fonctionnent, dit Marion.

— Le spectacle en vaut la peine, répondit Gustave, mais le bruit est terrible. Il vous ferait fuir. »

Soudain une sonnerie tinta par deux fois.

« C'est pour moi, dit Gustave. Je suis obligé de vous laisser. Restez encore, si le cœur vous en dit. Vous trouverez facilement la sortie. »

Quand il fut parti, Bess grommela :

« Il n'y a plus rien à voir. Allons-nous-en ! »

Comme elle achevait ces mots, quelque chose vola dans l'air et atterrit sur sa tête. Elle porta vivement la main à ses cheveux.

« Pouah ! cria-t-elle. C'est de la glu ! »

Marion alla au secours de sa cousine. Avant qu'elle eût pu l'atteindre, un second projectile arriva sur elle à la vitesse de l'éclair et la frappa à la joue. On entendit un son mat. C'était de l'encre rouge !

Chapitre 13

Une capture manquée

Bess et Marion demeurèrent un moment abasourdies. Partagées entre le rire et la fureur elles se regardaient ; leur visage et leurs vêtements offraient un spectacle à la fois comique et navrant. Qui avait bien pu s'en prendre à elles d'une façon aussi mesquine ?

Gustave avait entendu leurs cris. Il revint en courant et les contempla avec stupeur.

« Je tordrais volontiers le cou au coupable ! explosa Marion. Qui peut-il bien être ?

— Je l'ignore, répondit Gustave. Suivez-moi, nous allons essayer de vous débarrasser de cette encre et de cette colle.

— C'est sûrement la personne que j'ai surprise en train d'épier notre conversation avec M. Winnery, maugréa Marion. L'homme qui s'est enfui à notre approche. Encore un ennemi des Thurston. Mécontent de l'accueil réservé à notre projet, il se sera vengé. »

Bess se rangea à cette opinion. Elle demanda à

Gustave s'il avait des soupçons sur l'identité de cet homme.

« Non, répondit-il. Décrivez-le-moi.

— Mince, jeune, environ dix-sept ans, une masse de cheveux blonds frisés, dit Marion.

— Habillé d'un chandail rouge et d'un pantalon foncé, compléta Bess.

— Aucun employé du journal ne ressemble à ce portrait, conclut Gustave après réflexion. Sans doute est-ce un étranger qui s'est glissé dans les locaux sans être vu.

Enlever l'encre et la colle des chandails se révéla impossible.

« Lavez-vous au moins le visage et les mains », proposa Gustave.

Cette opération ne fut pas facile non plus. Les deux jeunes filles durent recourir à du savon, des crèmes et jusqu'à de la térébenthine. Quand, enfin, les taches eurent disparu, elles sortirent du vestiaire. M. Winnery les attendait dans le vestibule.

« Je viens d'apprendre la mésaventure dont vous avez été victimes, dit-il. C'est une honte ! Je vais vous procurer d'autres chandails. Préférez-vous attendre ici que ma secrétaire aille dans une boutique ou aimez-vous mieux rentrer directement chez vous et passer les prendre un prochain jour ? »

Bess et Marion commencèrent par refuser.

« Vous n'êtes aucunement responsable de nos ennuis. Pourquoi nous offririez-vous de nouveaux chandails ? »

Devant son insistance, elles s'inclinèrent.

« Nous reviendrons les chercher », promit Marion.

Elle fournit au directeur une description du suspect.

M. Winnery fronça les sourcils, visiblement ennuyé.

« Je crois savoir de qui il s'agit. C'est un garçon qui ne travaille pas chez nous ; il est venu tout à l'heure apporter un message.

— Qui est-ce ? » fit Marion.

M. Winnery marqua une légère hésitation.

« Il me déplairait de porter préjudice à un de mes collègues, dit-il enfin. Toutefois, je soupçonne Ted Cliff, le fils d'un conseiller municipal. Il joue au détective, accumule les sottises, place son père dans des situations impossibles, autrement dit c'est un véritable fléau.

— Ne serait-ce pas son père qui l'aurait chargé de nous espionner, Bess et moi ? suggéra Marion. Mais comment M. Cliff aurait-il eu vent de notre visite chez vous ?

— Il m'est impossible de répondre à votre question. Vraisemblablement le jeune Ted vous ayant aperçues par hasard a agi de son propre chef. Je suis convaincu que son père aurait désapprouvé cette initiative et plus encore son geste impardonnable. »

Bess et Marion prirent congé de l'aimable journaliste et remontèrent en voiture. Elles étaient impatientes d'en discuter avec Alice, mais il leur fallait attendre que les visites soient autorisées.

Heureusement, l'attaque d'ornithose dont souffrait leur amie était si faible que, deux jours plus tard, elles furent invitées à venir lui rendre compte de leur mission. Ned, déjà debout, les accueillit gaiement et les railla gentiment de leur mésaventure. Alice, elle, fut outrée de la hardiesse et de la méchanceté de Ted Cliff.

« Ce garçon n'est qu'un pauvre niais ! déclara Ned. Une telle farce est tout juste digne d'un collégien. Que va-t-il se passer entre Ted et son père, voilà ce que j'aimerais savoir.

— Laissons à papa le soin de s'en informer », répondit Alice d'un air malicieux.

Elle téléphona aussitôt à M. Roy. Moins d'une demi-heure plus tard, elle avait la réponse. L'avocat s'était mis en rapport avec plusieurs conseillers municipaux et avait des nouvelles intéressantes à communiquer à sa fille.

« C'est en effet le dénommé Ted Cliff qui a joué ce tour pendable à tes amies. Son père a été très embarrassé, et furieux contre son fils, qui a reçu une verte réprimande. Ce n'est pas tout. M. Winnery s'est rallié au projet que lui ont exposé Bess et Marion. Lorsque la demande de permis de construire déposée par les promoteurs viendra en discussion au conseil, il présentera ton plan, Alice. Il te prie de lui envoyer le plus vite possible une esquisse.

— Je me mets tout de suite au travail », répondit la jeune fille, tout heureuse.

Bess et Marion se félicitèrent du résultat de leur visite au journaliste.

« Je ne regrette plus d'avoir été aspergée d'encre déclara Marion.

— Quant à moi, je n'oublierai pas de sitôt la colle qui engluait mes cheveux, grogna Bess. Il n'empêche que je suis ravie d'avoir aidé ton père. »

Après le départ des deux cousines, Ned voulut

savoir si la police avait du nouveau à propos de Doigts Agiles.

« Non, lui répondit Alice. Il n'a pas dû reparaître chez le médecin. »

Ned annonça son intention de se rendre à Emerson, où il devait reprendre son travail à la compagnie d'assurances.

« Mais ne t'inquiète pas, je reviendrai, promit-il. Il se peut que j'amène du renfort en la personne de Bob, auquel, bien entendu, se joindra son inséparable Daniel.

— Voilà qui enchanterait Bess et Marion, dit Alice. À eux quatre ils élucideraient en un rien de temps le mystère. »

Ned remercia chaleureusement Sarah de l'avoir ainsi soigné sans avoir craint la contagion pour elle-même.

« Oh ! Je n'ai pas eu peur un seul instant, répondit-elle. Je redoute les voleurs infiniment plus que les virus. D'ailleurs, tu as été un malade exemplaire. »

Il l'embrassa sur les deux joues et sortit accompagné d'Alice.

« Ne commets pas d'imprudence, lui dit-il. À mon retour je veux te retrouver en pleine forme.

— Je serai sage comme une image », promit Alice.

Ned ouvrit la portière pour monter en voiture.

« Tiens ! Qu'est-ce que c'est ? »

Sur le siège était posé un papier sur lequel on voyait un cercle barré d'une croix.

« Encore un mauvais sort ? fit-il, intrigué.

— On le dirait, fit Alice. Comme nous ne sommes pas superstitieux, celui ou celle qui se livre à ce petit jeu manque son but. Il n'empêche que je te conseille de te tenir sur tes gardes en conduisant. On pourrait fort bien te jouer un vilain tour. »

Elle prit le papier des mains de Ned, lui dit au revoir et rentra au salon où elle examina le symbole. À son irrégularité, elle devina qu'il avait été tracé à la hâte.

Le téléphone fit entendre sa sonnerie insistante. Elle alla répondre. C'était Bess.

« Nous avons décidé, Marion et moi, de t'emmener pique-niquer demain. Nous irons dans les bois, tu y seras au frais et... en paix. Cela te fera le plus grand bien. Qu'en dis-tu ?

— C'est une excellente idée, répondit Alice. Espérons que papa et Sarah m'y autoriseront. Ils se sont transformés en de véritables cerbères, figure-toi. »

Loin d'y voir un inconvénient, ils approuvèrent cette initiative. L'air pur revigorerait la convalescente.

Le lendemain matin, Bess et Marion vinrent chercher Alice en voiture. Elles avaient préparé un bon repas, soigneusement rangé dans une glacière. À quelques kilomètres de River City s'étendait une région boisée traversée par un cours d'eau. C'est là qu'elles se proposaient d'aller.

« Arrêtons-nous ici, dit Bess après s'être engagée sur une route ombragée. Je vais me garer sur l'accotement et nous remonterons la rivière. »

Elles partirent à pied. Au bout de quelques mètres, Alice s'immobilisa tout à coup, le visage levé vers la branche basse d'un magnifique érable.

« Regardez cet oiseau ! » s'exclama-t-elle.

Il renversait la tête en arrière comme un serpent.

« C'est un torcol, j'en suis sûre. Ne serait-ce pas Petra ? »

Les deux cousines suivirent le regard d'Alice.

« Capturons-le, reprit celle-ci. Kammi serait si contente s'il s'agissait bien de Petra ! C'est sûrement lui ! »

Avant que Bess et Marion eussent pu l'en empêcher, elle grimpait à l'arbre. Parvenue à la fourche formée par la branche et le tronc, elle essaya d'amadouer l'animal en sifflant doucement et en lui roucoulant des mots tendres.

« Petra ! Petra ! Viens ! Kammi est si triste sans toi ! »

L'oiseau balança la tête en avant, sans s'éloigner, sans manifester la moindre peur.

« Petra ! reprit Alice. Approche-toi. »

L'oiseau ne bougeait toujours pas. Alors, lentement, elle commença de ramper vers lui. Elle l'atteignait presque, quand un craquement sinistre se fit entendre.

« Attention, Alice ! hurla Bess.

— Vite ! Saute ! » cria Marion.

La branche se brisait sous le poids d'Alice.

Le torcol s'envola, un craquement plus fort déchira le silence. Alice leva les bras pour s'accrocher à la branche du dessus. Elle y parvint de justesse, au moment où celle qui la soutenait cédait et s'abattait sur le sol.

Moins d'une minute plus tard, la téméraire Alice atterrissait sans mal au pied de l'arbre.

« Dieu soit loué ! s'écria Bess. Tu n'es pas blessée au moins ?

— Non, mais je suis déçue.

— De quoi ? fit Bess, ahurie.

— D'avoir laissé échapper le torcol, pardi ! Je suis certaine que c'est celui de Kammi. »

Marion conseilla à Alice de s'étendre sur une couverture. Elles mettraient ce repos à profit pour déjeuner tranquillement.

« L'oiseau reviendra peut-être. Dans ce cas, tu nous laisseras nous en occuper. Tu es vraiment insupportable ! S'amuser à grimper aux arbres et pourchasser des torcols quand on relève de maladie... ! »

Hélas ! Petra ne revint pas. Après s'être restaurées et détendues à l'ombre des feuillages, les trois amies songèrent au retour. Bess décréta qu'Alice avait eu assez de fatigues et d'émotions pour sa première sortie.

« Non, protesta énergiquement la jeune détective. Je veux passer à l'université de Harper pour dire à Kammi que nous avons aperçu Petra. Elle réussira sûrement à l'attraper. »

À la maison des étudiantes, le gardien leur apprit que Kammi était dans sa chambre. Elles y montèrent aussitôt. Sur une porte Alice lut le nom de la jeune Eurasienne. Elle frappa.

« Entrez ! » répondit une voix faible.

Alice ouvrit la porte et vit l'étudiante étendue sur son divan, les yeux rouges et gonflés d'avoir pleuré.

Les trois jeunes filles coururent à elle. Alice la serra dans ses bras.

« Nous vous apportons de bonnes nouvelles, dit-elle. Nous croyons avoir vu Petra dans les bois. Nous vous indiquerons où.

— Pourvu que ce soit lui, murmura Kammi. Si je le retrouve, je n'aurai plus à me reprocher d'avoir rompu une vieille tradition familiale : celle de toujours garder un torcol auprès de soi. »

Chose étrange — et qui étonna fortement Bess —, la jeune Eurasienne n'avait pas l'air plus contente que cela à l'idée de revoir son oiseau favori. Elle ne put se retenir de lui en faire la remarque.

« Nous nous imaginions que vous seriez folle de joie et vous gardez l'air triste.

— Oh ! Je suis contente, affirma Kammi. Mais j'ai de graves ennuis. On est sur le point de m'arrêter ! »

Chapitre 14

Pauvre Kammi !

« Vous arrêter ? Pour quelle raison ? » fit Alice, se demandant si elle avait bien entendu.

Kammi leur raconta tristement que le professeur Sanders avait reçu une lettre l'accusant d'être une voleuse.

« L'auteur de cette lettre prétend que j'ai dérobé et vendu plusieurs spécimens du muséum de l'université.

— Par qui était-elle signée ? dit Alice.

— Par personne. Mais cela ne change rien à l'affaire. Des oiseaux empaillés ont disparu. Oh ! Je vous jure que je ne les ai pas pris. »

Un sanglot étouffa sa voix.

« Nous vous croyons, déclara Marion avec sincérité. C'est honteux de vous avoir accusée ainsi. »

Le visage ruisselant de larmes, Kammi reprit d'une voix entrecoupée :

« Je n'ai jamais fait de tort à personne. Pourquoi avoir inventé un pareil mensonge, une calomnie aussi cruelle ? »

Alice comprenait le chagrin et le sentiment de

honte qui accablaient la malheureuse. Elle lui passa un bras autour des épaules.

« Kammi, écoutez-moi. Ici, en Amérique, on peut prouver son innocence avant d'être arrêté. C'est prévu par la loi. »

Se levant, elle pria à mi-voix Bess et Marion de faire à la jeune fille le récit des derniers événements ; pendant ce temps, elle-même irait parler au professeur Sanders.

« Tu peux compter sur nous, répondit Marion, nous allons nous employer à lui remonter le moral. »

Elle engagea aussitôt la conversation, et Alice se glissa discrètement hors de la pièce. Le professeur était dans son bureau où il corrigeait des copies d'examen.

« Bonjour, mademoiselle Roy ! dit-il, la reconnaissant. Quel bon vent vous amène ? Avez-vous appris du nouveau au sujet des Thurston ? Rien de fâcheux ne vous est arrivé, j'espère ? »

Alice se mit à rire.

« Si, mais c'est du passé. Un de mes amis et moi, nous avons attrapé l'ornithose en soignant des oiseaux atteints de cette maladie.

— Quelle malchance ! s'exclama le professeur. Kammi est-elle au courant ?

— Non. Elle n'a pas revu les Thurston depuis son départ de chez eux, mais mes amies, Bess et Marion, sont en train de le lui apprendre. »

Alice aborda le sujet de sa visite. Elle insista sur le désespoir de la jeune Eurasienne.

« Elle est bouleversée. Il paraît qu'on veut l'arrêter pour avoir volé et vendu des oiseaux empaillés appartenant au muséum. »

À la vive surprise d'Alice, le professeur éclata de rire.

« Pauvre Kammi ! A-t-elle vraiment pris au sérieux cette lettre anonyme ? Il s'agit sans aucun doute d'une plaisanterie de fort mauvais goût. Jamais le moindre soupçon n'a effleuré mon esprit. Cela dit, il est vrai que des spécimens rares ont disparu ; une enquête est en cours.

— Me permettez-vous de rassurer Kammi ? demanda Alice.

— Je vous en pric. Rapportez-lui mes propos et exprimez-lui mes regrets de cette déplorable méprise. Par la même occasion, tâchez de savoir ce qui la tourmente. Depuis quelque temps, elle paraît triste ; elle ne se confie à personne et ne se lie pas facilement. »

Le professeur ajouta qu'il la trouvait charmante ; il n'avait qu'un reproche à lui faire : un comportement parfois bizarre.

« En quoi ? » s'étonna Alice.

Le professeur Sanders montra de la main une pile de copies posées sur un coin de son bureau.

« Mes étudiants ont passé un examen. Le texte de Kammi est de loin supérieur à ceux de ses camarades, mais dans les dernières pages, une feuille a été insérée. Le papier en est différent, il y a un dessin... rien d'autre. »

Se levant, il chercha dans la pile, en sortit la copie, tourna quelques pages et prit une feuille sur laquelle Alice vit un grand cercle barré d'une croix !

« Avez-vous une idée du mobile qui a poussé Kammi à joindre à son texte un croquis sans aucun rapport avec le sujet traité ? »

Alice apprit au professeur que ce signe était un présage de mauvais augure.

« J'avoue n'y rien comprendre, ajouta-t-elle. Mais je doute que Kammi en soit responsable. »

Le professeur Sanders la regarda, visiblement déconcerté.

« Mon bureau est toujours fermé à clef quand je m'absente. Personne d'autre que moi n'a accès aux copies d'examen. »

La jeune fille réfléchit un moment.

« La personne qui a volé les oiseaux possède peut-être également la clef de votre bureau.

— C'est possible, convint-il. J'en parlerai aux inspecteurs de police. Dans ce cas, le voleur serait un ennemi de Kammi. »

Alice lui révéla que ce même symbole avait été déposé en divers endroits, y compris chez les Thurston, sur le bureau du directeur du corps de ballet, dans la voiture d'un étudiant, Ned Nickerson. M. Sanders l'écoutait avec stupeur.

« Cette affaire est beaucoup plus sérieuse que je ne l'imaginais », dit-il, préoccupé.

Ne voulant pas abuser de la patience du professeur, Alice finit par remonter auprès de la jeune Eurasienne.

Kammi était en conversation animée avec Bess et Marion. À l'entrée d'Alice, toutes trois se turent et levèrent vers elle un regard interrogateur.

« Bonnes nouvelles ! » s'écria leur amie en courant à Kammi qu'elle serra dans ses bras.

Le visage illuminé, Kammi écouta le récit que lui fit la jeune détective de son entretien avec le professeur Sanders.

« Comme je suis contente ! s'exclama-t-elle.

Maintenant, allons chercher Petra ! Consentiriez-vous à me conduire jusqu'à l'endroit où vous l'avez aperçu ?

— C'était bien notre intention ; mais auparavant, je voudrais vous dire quelque chose, répondit Alice. M. et Mme Thurston ont grand besoin de vous à la ferme. Le danger de contagion est passé. Vous pouvez y retourner en toute tranquillité. Ni Petra ni vous n'avez plus rien à craindre.

— Mais je ne veux pas apporter la malchance aux Thurston », protesta Kammi.

Alice la plaisanta gentiment : cette histoire de mauvais sort n'était que sottise et Oscar du moins n'y ajoutait aucune foi.

« Sa femme est, il est vrai, superstitieuse, reconnut-elle. La malheureuse a la tête farcie d'histoires de mauvais présages, d'envoûtements ; elle est une proie rêvée pour les hypnotiseurs malintentionnés. Si elle ne pousse pas son mari à vendre la propriété, il se peut qu'on la menace de l'envoûter. Nous ne devons pas le permettre.

— Vous êtes étonnante, dit Kammi. Vous m'avez redonné courage. En passant dans le vestibule, nous téléphonerons aux Thurston. Je veux qu'ils me disent eux-mêmes s'ils désirent vraiment me revoir.

— Et s'ils répondent par l'affirmative, demanda Alice, irez-vous ?

— Oui », répondit fermement la jeune Eurasienne.

Ce fut Oscar qui répondit au téléphone. Alice le mit au courant du projet. Il parut enchanté. Sa femme et lui regrettaient beaucoup Kammi dont l'aide leur était précieuse. Puis Kammi échangea quelques mots avec M. Thurston qui lui confirma combien elle leur avait manqué à sa femme et à lui.

« Comme je suis heureuse ! » dit la jeune Eurasienne après avoir raccroché.

Elle prit la cage de Petra.

« À présent, il faut retrouver mon oiseau ! »

Elles sortirent toutes quatre de la maison des étudiantes en bavardant gaiement. Kammi glissa son bras sous celui d'Alice.

« Je me sens toute légère, libérée d'un poids terrible », lui confia-t-elle.

Alice, Bess et Marion échangèrent des regards heureux. Voilà qui était une bonne nouvelle !

La jeune Eurasienne se rendit au bureau du logement pour demander l'autorisation de retourner chez les Thurston, puis les jeunes filles montèrent en voiture. Peu après, elles arrivaient au bord du ruisseau, à proximité de l'endroit où elles avaient aperçu le torcol au début de l'après-midi.

« Regardez ! s'écria Bess. Le voilà ! Il est posé sur ce qui reste de la branche qui a cédé sous le poids d'Alice. »

Kammi s'avança lentement. L'oiseau ne s'envola pas, ne bougea même pas. Elle ouvrit avec précaution la porte de la cage ; Petra prit son envol, atterrit tout près et sauta sur le bras de Kammi. La jeune fille se mit à lui parler dans sa langue maternelle. Le torcol battit des ailes, sautilla sur place comme s'il comprenait ce qu'elle lui disait.

Très émue, Kammi le prit dans ses mains et tendrement lui lissa les ailes.

Soudain, Petra donna des signes de mécontentement ; on eût dit que quelque chose le gênait. Sa maîtresse le saisit par les pattes, l'oiseau déploya les ailes.

Sous l'une d'elles était fixé un petit paquet.

Les jeunes filles se regardèrent éberluées.

« Nous tenons la preuve que Petra a été volé ! » dit enfin Marion.

En prenant garde de ne pas blesser le torcol, Kammi détacha le paquet, remit Petra dans sa cage dont elle referma la porte avec soin. Ensuite, elle ouvrit le paquet, regarda ce qu'il contenait et soudain éclata en sanglots.

Chapitre 15

Une preuve irréfutable

« Kammi, que se passe-t-il ? » demanda Alice.

La jeune Eurasienne continuait à sangloter. Bess et Marion cherchèrent à voir ce qui avait provoqué ce chagrin, mais Kammi serrait le poing, dissimulant l'objet.

Peu à peu elle se calma et ouvrit la main. Sur sa paume reposait une bague d'une grande beauté : un large cercle d'or surmonté de trois rangées de pierres précieuses disposées en ordre décroissant. La rangée la plus basse était composée d'émeraudes étincelantes, celle du centre de topazes d'un jaune magnifique et celle du haut de petits diamants entourant un gros brillant.

« Quelle merveille ! s'extasia Bess. Pourquoi l'avoir fixée sous l'aile de Petra ?

— Je n'en ai pas la moindre idée, répondit Kammi, tout ce que je peux vous dire c'est qu'il s'agit d'un bijou de famille. Incapable de m'en séparer, j'avais imprudemment apporté cette bague dans mes bagages. Il y a environ un mois, elle a disparu. Je croyais l'avoir perdue, pourtant je ne la portais guère. Maintenant je ne comprends plus... et j'ai peur.

— De quoi ? s'étonna Bess. Vous devriez vous réjouir au lieu de vous lamenter. »

En fait c'était la manière étrange dont on lui avait restitué la bague qui effrayait la jeune Eurasienne. Quelqu'un l'avait-il trouvée ? Un ennemi inconnu la lui avait-il volée ? Et dans ce cas, pourquoi lui avoir renvoyé un objet d'aussi grand prix ?

« Si seulement Petra pouvait parler, soupira Bess. Il nous aiderait à résoudre cette nouvelle énigme. »

Voyant que Kammi s'assombrissait de plus en plus, Alice détourna la conversation.

« Puisque vous projetiez de retourner ce soir même chez les Thurston, nous pourrions vous y conduire tout de suite avec votre cher Petra ! » dit-elle.

Sa proposition fut acceptée sur-le-champ.

Les Thurston réservèrent un accueil chaleureux à Kammi.

« Les oiseaux n'étaient plus aussi gais depuis votre départ, lui dit M. Thurston. Ils gazouillaient et pépiaient beaucoup moins. »

Kammi rougit de plaisir.

« Je suis égoïstement heureuse de leur avoir manqué, déclara-t-elle. Puis-je faire quelque chose tout de suite ?

— Non, pas dans les volières, répondit M. Thurston, mais...

— Nous sommes tous deux très inquiets, coupa Mme Thurston. Oscar, montre donc à Alice cette horrible lettre que nous venons de recevoir. »

M. Thurston alla prendre une lettre dans un tiroir de son bureau et la lut à haute voix. Elle venait de

M. Ramsay Milford, président de la société immobilière ; il intimait aux Thurston l'ordre de vider les lieux dans les plus brefs délais.

« Nous consentons à monter notre prix de mille dollars, disait-il en conclusion. Cette somme couvrira largement la perte qu'entraînera pour vous la fermeture du zoo et des volières. »

Oscar replia la lettre.

« Je ne veux pas d'argent, ce que je veux, c'est rester ici, dit-il. Que faire ? »

Alice proposa de téléphoner à son père. Le mieux était en effet de solliciter son avis. M. Roy rassura sa fille ; cette lettre n'était qu'un essai d'intimidation sans aucune portée légale. Rien n'autorisait M. Milford à envoyer cet ordre.

« Il cherche à profiter d'un homme qui ignore ses droits. Dis à M. Thurston que personne, sans l'accord du conseil municipal, ne peut le forcer à vendre ses terres. Et celui-ci ne peut adopter une mesure d'expropriation que dans l'intérêt de la ville et de ses habitants. »

Le sourire aux lèvres, Alice rejoignit les Thurston, à qui elle répéta les propos de son père. Ils parurent soulagés.

« Papa a ajouté qu'il s'était entretenu par téléphone avec M. Winnery. Celui-ci a convaincu M. Cliff, M. Ryan et un autre de ses collègues, du nom de Redneck, de voter en faveur du projet revu et corrigé par moi. »

Bess se mit à battre des mains.

« Hip, hip, hip, hourra ! » cria-t-elle.

Sa joie fit sourire ses amies et les Thurston.

« Cela fait quatre conseillers sur cinq gagnés à notre cause. Autrement dit la majorité, dit-elle.

— En principe oui, répondit Oscar, mais dans le cas présent le conseil a décidé que le projet devrait être adopté ou repoussé à l'unanimité.

— ... Il nous reste donc un conseiller à rallier. »

Kammi demanda la permission de partir.

« Je vais prendre le car pour aller chercher mes affaires à l'université. Je reviendrai le plus vite possible. »

Marion s'offrit à la conduire, mais la jeune Eurasienne refusa de lui faire faire un détour supplémentaire.

Un peu plus tard, les trois amies quittèrent aussi les Thurston. En route, l'incorrigible Alice voulut s'arrêter au commissariat de police.

« Je veux voir s'il y a du nouveau, dit-elle ; mais je vous promets que ce ne sera pas long. »

M. Pfeiffer se leva à son entrée.

« M'apportez-vous de bonnes nouvelles ? demanda-t-il. De notre côté, hélas ! nous n'avons pas avancé. Mes hommes continuent à rechercher Doigts Agiles. »

Déçue, Alice repartit. Marion la ramena directement chez elle, où Sarah l'accueillit par des reproches.

« Alice, tu es inconsciente ! À ta mine, je vois que tu as dépassé tes forces. Va te coucher tout de suite.

— Ne sois pas fâchée, Sarah, j'ai beaucoup de choses à vous raconter à papa et à toi. Je t'en prie, laisse-moi dîner avec vous. Ensuite, je te promets de monter.

— En une seule journée, tu as eu plus d'aventures que n'importe qui en une semaine, déclara

M. Roy en riant, quand elle eut terminé. Quelle insupportable convalescente ! »

Alice se mit à rire.

« N'est-ce pas le lot de tous les détectives ? » demanda-t-elle.

Puis, voyant Sarah fixer sur elle un regard réprobateur, elle se rappela sa promesse : il était grand temps de se coucher. Elle se leva :

« Je vais dormir, annonça-t-elle. Demain, je projette de rendre visite à M. Tablor, le cinquième conseiller. Je voudrais connaître ses intentions de vote.

— Il dirige, je crois, un home d'enfants dont la société immobilière veut faire l'acquisition, dit M. Roy. Emmène Bess et Marion, je te prie. N'oublie pas que tu es à peine rétablie. »

Le lendemain matin, Alice téléphona aux deux cousines qui acceptèrent volontiers de l'accompagner. Une heure plus tard, les trois jeunes filles roulaient vers Harper. Aux abords de la ville elles cherchèrent un panneau indicateur.

« Je parie que la maison d'enfants se trouve sur la droite, dans ce bosquet », dit tout à coup Bess.

Une route étroite partait un peu plus loin, et elles aperçurent le panneau qu'elles cherchaient. Peu après, elles s'arrêtaient dans la cour d'une vaste ferme.

Une dizaine de filles et de garçons riaient, criaient, couraient dans tous les sens.

« Quel vacarme ! » fit Bess en se bouchant les oreilles.

Elles descendirent de voiture. Un jeune garçon d'environ douze ans lança un ballon de football en direction de Marion. Elle le bloqua et le lui relança. Il la regarda avec admiration.

« Bravo ! » cria-t-il.

Entre-temps Bess intercepta un aéroplane. Une petite fille, occupée à faire des pâtés avec de la boue dans un coin de la cour, en jeta un sur Alice. Elle fit un brusque écart et le pâté atterrit sur un enfant, à la grande joie des autres, qui se mirent à battre des mains.

Une femme assez âgée sortit de la maison, et pria les enfants de se calmer.

Alice demanda à voir M. Tablor. En apprenant qu'il était absent, elle expliqua la raison de sa visite.

« Auriez-vous, madame, l'obligeance de lui transmettre ce message ? dit-elle en conclusion.

— Je n'y manquerai pas mais je préfère vous avertir qu'il n'en tiendra aucun compte. Sa décision est déjà arrêtée. Il votera l'expropriation des Thurston. Ce zoo doit disparaître. La direction de la société immobilière a d'ailleurs l'intention de bâtir également une résidence sur notre terrain. Elle nous a proposé un prix très intéressant. »

Elle se tut un moment avant de reprendre.

« Ce ne sont pas des pensionnaires que vous voyez là mais nos propres petits-enfants. Nous les gardons ici parce qu'ils n'ont pas d'autre endroit où aller. L'insuffisance de logements commence à se faire cruellement sentir dans la région. Mes propres enfants — j'en ai cinq — ont déjà retenu des appartements dans l'ensemble qui s'élèvera sur la propriété des Thurston. Ensuite, mon mari et moi, nous nous retirerons, et avec l'argent que nous recevrons en échange de la maison et des terres, nous achèterons une fermette où nous jouirons de plus de confort et d'une paix bien gagnée. »

Elle souriait en prononçant ces derniers mots. Alice compris qu'il serait vain de poursuivre la discussion : Mme Tablor n'influencerait pas son mari dans le sens souhaité. Aussi la jeune fille eut-elle recours à une autre stratégie. Se tournant vers les enfants, elle leur demanda :

« Avez-vous déjà visité le zoo et les volières de M. Thurston ?

— Non ! hurlèrent-ils en chœur.

— Aimeriez-vous y aller maintenant ? demanda-t-elle. Si toutefois votre grand-mère vous le permet. »

Les plus jeunes répondirent par des piaillements de joie, les plus grands par des clameurs assourdissantes.

« Oui, oui ! »

Alice s'adressa à Mme Tablor.

« M'autorisez-vous à les y conduire ? Cela vous permettra de vous reposer un peu.

— Comment les emmènerez-vous ? s'inquiéta la grand-mère.

— Ils s'entasseront dans ma voiture, répondit Alice. Les plus petits s'assoiront sur les genoux des aînés.

— Surveillez-les bien. Ce sont de vrais diablotins, comme vous avez pu en juger », dit Mme Tablor en souriant.

Alice ouvrit la portière ; ce fut une ruée. Une bagarre s'ensuivit à laquelle les trois amies mirent rapidement bon ordre.

Les enfants firent de grands gestes d'adieu à leur grand-mère.

« Amusez-vous bien ! » leur cria-t-elle.

Alice prit la direction de la ferme des Thurston. Un motard les dépassa. Les petits l'acclamèrent en riant.

Cinq minutes plus tard, une sirène hululait derrière la voiture. Le son grandit. Alice vit dans le rétroviseur un autre motard arriver sur elle à pleine vitesse. Se portant à sa hauteur, il lui fit signe de se ranger sur le bas-côté de la route. Elle obéit puis leva vers lui un regard interrogateur.

« Alors, mademoiselle, vous avez oublié le code de la route ? »

Chapitre 16

Habile manœuvre

Dans la voiture les enfants se taisaient, impressionnés par la venue soudaine du policier. Bess et Marion avaient un air consterné. Que pouvait-on reprocher à Alice ?

« Je ne crois pas avoir commis d'infraction. Je connais le code, répondit-elle. Je n'allais sûrement pas trop vite.

— Non. Il n'empêche que vous êtes en contravention avec la loi. Votre voiture est trop chargée. »

Il jeta un regard à l'intérieur.

« Ma parole ! Combien d'enfants avez-vous là ?

— Neuf, répondit Bess.

— Plus trois adultes, fit le motard. Si je sais compter cela fait en tout douze personnes. Or, votre voiture ne peut en contenir que six... au plus ! »

Alice se sentait fort mal à l'aise. Elle était dans son tort, impossible de le nier.

Levant la tête vers le motard, elle lui sourit.

« Je ne vais pas loin, dit-elle. Ces enfants habitent chez les Tablor. Je les emmène voir les oiseaux et autres animaux du zoo des Thurston. Je vous en prie, permettez-nous de poursuivre notre route. Pour le retour, je ferai deux voyages. »

Un silence suivit.

« Oh ! s'il vous plaît, monsieur l'agent, intervint un jeune garçon, nous voudrions tant visiter le zoo !

— Et elle est très gentille, cette demoiselle, de nous y emmener », gazouilla une petite fille aux yeux innocents.

Le motard sourit.

« C'est bon, continuez votre chemin puisque vous n'êtes plus loin du zoo. Mais rappelez-vous dorénavant que vous n'avez pas le droit de faire monter plus de six personnes, vous comprise, dans cette voiture. »

Alice le remercia et redémarra. Les enfants applaudirent.

Tout à coup, Alice sursauta ; une des fillettes venait de lui demander :

« Est-ce que ce policier a tenté de vous jeter un sort ?

— Un sort ! Que veux-tu dire ?

— Oh ! répondit la petite qui s'appelait Suzanne, il y a un drôle d'homme qui vient parfois chez Mamie. Il nous a menacés de nous jeter des sorts si nous ne lui obéissions pas. »

Alice fronça les sourcils.

« Il ne peut pas le faire, rassure-toi. Ce ne sont que des sottises pour effrayer les enfants.

— C'est vrai ? fit Suzanne. Il dit qu'il peut nous changer en animaux.

— Oui, intervint un garçon, c'est un sorcier. Il peut nous causer beaucoup d'ennuis. »

Alice et ses amies ne relevèrent pas ces propos.

Dans quel but cet homme cherchait-il à terroriser ces petits ?

« Que vous demande-t-il de faire ? dit Alice.

— Il nous ordonne de dire à papi et à mamie de vendre leur maison et tout le parc, parce qu'ils sont hantés, répondit Suzanne.

— Hantés ? répéta Marion. Les fantômes n'existent que dans les contes.

— Oh ! si, ils existent, insista Suzanne. Janie et moi nous en avons vu un de la fenêtre de notre chambre.

— Oui, renchérit aussitôt la dénommée Janie, il était tout blanc et il faisait de grands bonds autour du jardin. Si vous aviez vu comme il sautait haut ! Il a même volé au-dessus du parterre de fleurs ! »

Une même pensée vint aux trois amies : ce fantôme était celui-là même qui avait tant effrayé Mme Thurston en traversant son salon.

Et ce ne pouvait être que le danseur de ballet renvoyé de la troupe de M. Van Camp.

Quelques minutes plus tard, la voiture s'arrêtait dans la cour des Thurston. Tandis que les jeunes visiteurs en débarquaient dans une joyeuse animation, Oscar apparut sur le seuil de la maison.

Après lui avoir brièvement expliqué pourquoi elle avait amené les enfants, Alice les lui présenta.

« Je leur ai exposé mon projet d'inclure parmi les agréments de la future résidence votre zoo et ses merveilleuses volières. »

Oscar lui adressa un clin d'œil complice.

« Venez avec moi, les petits, dit-il. Nous allons d'abord voir les oiseaux. »

Alice et ses amies suivirent la visite commentée avec le plus vif intérêt. En passant devant les cages où s'ébattaient des perroquets aux plumes vertes, bleues et rouges, M. Thurston expliqua :

« Les oiseaux ont un squelette tout à fait particulier ; leurs os sont creux, les pennes de leurs ailes sont munies de sacs d'air. Ils sont ainsi plus légers. Avez-vous observé un oiseau qui prend son envol : il commence par courir, puis s'élève dans les airs exactement comme un avion. »

Un des garçons, nommé Jimmy, demanda :

« Qu'est-ce que c'est que cet oiseau bizarre ?

— C'est un macareux arctique ou moine, répondit M. Thurston. Voyez sa forme ramassée, son bec court et haut, ses pattes rouges. Il n'a pas très bon caractère.

— Oh ! qu'il est beau ! s'extasia Janie en tendant la main vers un oiseau élancé, à la longue queue élégamment recourbée, au ventre rouge, au dos recouvert de plumes d'un beau vert doré.

— C'est le couroucoucou du Brésil, dit Oscar. Je vais essayer de le faire chanter. »

Il émit un son proche de « coucou-coucou ». L'oiseau leva la tête, promena le regard de ses petits yeux brillants autour de lui et, à la plus grande joie des enfants, répondit : « coucou-coucou ».

Dans son désir de mieux voir, Jimmy pressa le visage contre le grillage.

« C'est rudement bien ici, s'écria-t-il. Est-ce que je peux entrer pour les caresser ?

— Non, ce serait imprudent. Les oiseaux s'effarouchent en présence d'étrangers. »

Ils s'arrêtèrent ensuite devant la cage où voletaient diverses variétés de colibris. Plusieurs de ces minuscules créatures battaient des ailes sur place en picorant dans les fleurs d'un arbre artificiel. M. Thurston expliqua à ses auditeurs que, chaque jour, il remplissait de nectar les cupules des fleurs.

« Ces oiseaux miniatures sont étonnants, ils ont besoin de sources d'énergie considérables pour actionner leurs ailes à une telle vitesse. Proportionnellement à sa taille un oiseau absorbe une quantité de nourriture beaucoup plus élevée qu'un homme. Un pigeon mange un vingtième de son propre poids par jour. Si un homme possédait un appétit égal, il lui faudrait consommer de 4 à 5 kg par jour, soit trois fois la ration normale.

— Il est donc faux de dire d'une personne qu'elle a un appétit d'oiseau quand elle grignote du bout des lèvres, intervint Bess en riant.

— Vous avez raison, cette locution est des plus incorrectes », approuva M. Thurston.

Le tour des volières terminé, Rausch prit la relève ; il conduisit les jeunes visiteurs dans l'autre partie de la ferme. Derrière une épaisse rangée de hauts peupliers, un petit zoo avait été aménagé.

Les enfants s'amusèrent beaucoup à observer les ours et reçurent la permission de leur donner à manger. Ensuite, ils admirèrent les daims, les élans, deux lions endormis, une girafe dont le cou était si long que sa tête dépassait les barreaux de la cage.

Quand les visiteurs eurent admiré tous les animaux, Oscar les invita à goûter. Bess et Marion proposèrent leur aide. Alice en profita pour converser avec les enfants.

« Souhaiteriez-vous qu'on détruise ce zoo ?

— Non, hurlèrent-ils à l'unisson.

— C'est pourtant ce que veut l'homme que vous avez vu chez votre grand-mère.

— Quel méchant ! » s'écria Janie.

Alice l'approuva.

« Je m'efforce d'obtenir que le conseil municipal s'oppose au projet des constructeurs qui prévoit la destruction du zoo », dit-elle.

Les enfants l'écoutaient en silence.

« Voulez-vous me faire plaisir ? conclut-elle.

— Oui ! clamèrent-ils.

— Dites à votre grand-mère et à votre grand-père combien vous avez aimé ce zoo. Insistez pour qu'on le conserve. Vous pourriez même écrire au journal de Harper une lettre que vous signeriez tous.

— Quelle bonne idée ! » s'exclama Janie.

Sur ces entrefaites, Oscar Thurston sortit de la cuisine portant un plateau chargé de glaces de toutes les couleurs. Bess le suivait avec un panier rempli de biscuits.

Quand la distribution fut terminée, il restait une coupe sur le plateau.

« Qui n'aime pas les glaces ? » demanda Alice, étonnée.

Personne ne répondit. Elle compta les enfants.

« Mais il manque Jimmy. Où est-il ? »

Au même moment, un cri déchira l'air. Il provenait des volières. Alice courut dans cette direction et, horrifiée, constata que Jimmy s'était introduit dans une cage.

Un gros corbeau noir, affolé et furieux de cette

intrusion, le pourchassait à coups de bec et de griffes.

En une seconde, Alice saisit un sac de graines vide qui traînait par là, ouvrit la porte et se précipita à l'intérieur.

Chapitre 17

Le plongeon de la mort

Ailes déployées, le corbeau mesurait une cinquantaine de centimètres. Ses griffes acérées s'enfonçaient dans le dos de Jimmy, qui hurlait de toute la force de ses poumons en essayant de s'échapper.

D'un geste vif, Alice jeta le sac sur la tête de l'oiseau et l'arracha à sa victime.

« File ! » ordonna-t-elle au petit garçon.

Elle n'eut pas besoin de le lui répéter. Toujours pleurant et criant, il ne fit qu'un bond jusqu'à la porte où Oscar, accouru sur ces entrefaites, le reçut dans ses bras. Bess, qui arrivait derrière lui, prit soin de Jimmy.

« Je vais m'occuper du corbeau, Alice, cria M. Thurston. Sortez de la volière. »

Elle regarda comment il s'y prenait pour maîtriser l'oiseau, qui tentait avec ses pattes de se libérer. Il lui parla d'une voix douce tout en lui repliant les ailes et en le maintenant sous un bras ; ensuite il ôta le sac qui l'aveuglait et aussitôt l'oiseau cessa de se débattre.

« Allons, allons, Blackie, disait Oscar. Tu n'es pas blessé et tu as été très vilain de te jeter sur ce petit garçon. Tâche de te tenir tranquille maintenant. »

Et il le laissa aller. Blackie vola sur une branche d'arbre d'où il lança un croassement furieux.

Alice repartit au pas de course vers la maison. Bess et Marion avaient déjà retiré sa chemise au petit blessé et appliquaient une lotion antiseptique sur les égratignures. Jimmy pleurait encore à chaudes larmes, mais il y avait eu plus de peur que de mal.

Oscar les rejoignit dans la cuisine.

« Bravo, Alice, dit-il. Vous réagissez vite. C'était une excellente idée d'encapuchonner le corbeau avec un sac à graines. »

Jimmy cessa de pleurer en voyant Oscar. Il promit de ne plus entrer dans une cage sans permission.

« Je voulais caresser ce beau corbeau », fit-il en baissant la tête.

Il demanda à rentrer chez lui, et Bess promit de le ramener dès qu'elle aurait fini de le soigner.

Alice raconta à Oscar leur rencontre avec le motard et sa promesse de ramener les enfants en deux fois. M. Thurston s'offrit aussitôt à les conduire dans son break.

Pendant que Bess et Marion s'occupaient à les répartir dans les deux voitures, Alice voulut saluer Mme Thurston.

Elle se rendit à la salle de séjour où, supposait-elle, la malade était assise dans son fauteuil roulant. À sa surprise, la pièce était vide.

« Sans doute est-elle restée dans sa chambre », pensa la jeune fille.

En sortant de la maison, elle en parla à M. Thurston. Il eut un sourire triste.

« Martha ne va pas bien. Son état s'est aggravé. Elle a refusé de descendre aujourd'hui. Le médecin n'y comprend rien ; il pense que son extrême lassitude est uniquement due à des facteurs psychologiques.

— Oh ! Je suis navrée », dit Alice.

M. Thurston ajouta que sa femme se faisait tellement de souci à propos de leur avenir qu'elle en avait perdu sommeil et appétit.

« Elle ne veut plus voir personne ; sinon je vous aurais priée de la réconforter. Partons, voulez-vous ? »

Ils montèrent chacun dans leur voiture et démarrèrent. Quand ils s'arrêtèrent dans la cour des Tablor, les enfants bondirent à terre et coururent vers leur grand-mère, assise devant sa porte.

M. Tablor apparut sur le seuil. C'était un homme grand, mince et d'aspect agréable. Sa femme le présenta aux trois amies, puis Alice présenta M. Thurston.

Mais il leur fut impossible d'engager une conversation ; les enfants parlaient tous ensemble, décrivant les animaux et les oiseaux aux plumages multicolores.

« Nous nous sommes follement amusés, dit Janie, les yeux brillants de joie. Je vous en supplie, papi, ne détruisez pas ce zoo. Je veux y retourner souvent. »

M. et Mme Tablor regardèrent la petite fille sans

comprendre. Ils voulurent savoir de quoi il s'agissait.

Cette fois-ci, chacun parla à son tour. La joie et l'excitation de ses petits-enfants impressionnèrent M. Tablor.

« Je viendrai vous voir un de ces jours, monsieur, promit le conseiller à Oscar. D'après ce que j'en sais, la société immobilière se propose d'acquérir votre propriété pour y construire des logements.

— Ne le permettez pas ! cria Jimmy, je vous en prie. »

Mme Tablor aperçut alors la chemise déchirée et les pansements du petit garçon.

« Que t'est-il arrivé ? » demanda-t-elle, inquiète.

Jimmy prit un air penaud.

« J'ai désobéi, confessa-t-il. M. Thurston nous avait défendu d'entrer dans les cages et j'avais lu la pancarte l'interdisant, mais je voulais voir le gros oiseau noir, le caresser. Il m'a griffé quand je me suis approché de lui... heureusement Alice l'a enfermé dans un sac. »

Oscar exprima ses regrets de l'incident.

« Jimmy a été très courageux et il a eu le bon réflexe de se protéger les yeux avec les bras. »

Le petit garçon s'était attendu à une verte réprimande. Il remercia M. Thurston d'un sourire : son intervention la lui avait sans doute épargnée.

Les trois amies remontaient en voiture quand M. Tablor les rappela :

« Je vous promets d'étudier sérieusement votre projet, mademoiselle Roy. Mais ne vous emballez pas... je n'ai pas encore dit mon dernier mot. »

Bess murmura à l'oreille d'Alice :

« Je parie qu'il va voter dans le sens que tu souhaites. »

Marion partageait cet espoir. Alice, elle, ne dit rien. De tout son cœur, elle espérait que les enfants gagneraient leur grand-père à la cause de M. Thurston.

En arrivant chez elle, la jeune fille vit avec joie la voiture de Ned au bas du perron. Il avait pu obtenir quelques jours de congé supplémentaires.

« Cela ne t'ennuie pas, au moins ? » dit-il avec un sourire ironique.

Alice lui fit une grimace.

« Y a-t-il du nouveau dans le mystère du zoo ? demanda-t-il. Puis-je t'aider de mes faibles lumières ?

— J'aimerais connaître ce fameux M. Milford, directeur de la société immobilière, lui répondit-elle, et juger par moi-même quelle sorte d'homme il est ? Consentirais-tu à me conduire à son bureau cet après-midi ? »

Ned accepta et Alice alla sur-le-champ téléphoner pour prendre rendez-vous. Il lui fut répondu que le directeur, très occupé, ne pouvait être dérangé. Elle insista, disant qu'elle avait à l'entretenir d'une affaire urgente.

« Il part déjeuner, dit la secrétaire. Ensuite, il se rendra à Tomsk sur un chantier.

— Je vous remercie », fit Alice.

Elle mit Sarah au courant de ses intentions.

« As-tu déjà entendu parler de Tomsk ? demanda Sarah.

— Non.

— C'est une petite ville située au bord d'une rivière — claire, chantante avec un très joli barrage d'où les eaux retombent en écume dans un gouffre. Autrefois, sur une de ses rives il y avait un très beau parc et une plage où tout le monde pouvait s'adonner à la voile, à la natation et autres distractions. Maintenant, le parc a été rasé et on parle d'y construire des immeubles à plusieurs étages. »

Alice prit un air désolé.

« Le monstre qui s'est rendu coupable de ce saccage n'est autre que l'homme qui veut faire exproprier les Thurston. »

Sarah pinça les lèvres en une grimace de dégoût.

« On devrait promulguer une loi interdisant de pareils massacres ! » s'écria-t-elle.

Alice et Ned ne purent que l'approuver. Ils déjeunèrent avec elle, puis ils prirent la direction de Tomsk. Ils arrivèrent bientôt en vue de l'emplacement où le parc offrait jadis ses attractions à tous, grands et petits. De loin, ils aperçurent une grue et un bulldozer en action.

Le bruit était si intense que l'on s'entendait à peine parler. Voyant un ouvrier à quelque distance de là, Alice et Ned s'approchèrent de lui.

« Pourriez-vous nous indiquer où se trouve M. Milford ? »

Ned était presque obligé de crier.

Au lieu de répondre directement à la question, l'homme les observa attentivement.

« Comment vous appelez-vous ? » grommela-t-il.

Ned le lui dit. L'homme continua d'étudier le visage d'Alice.

« Alice Roy, pas vrai ? fit-il. J'ai entendu parler de vous. Vous êtes une détective amateur ?

— J'ai résolu quelques énigmes policières, c'est tout, répondit-elle sans se compromettre.

— À quel sujet voulez-vous voir M. Milford ?

— J'ai un message à lui transmettre, répondit-elle, bien décidée à ne pas en dire davantage.

— Je vais le chercher, dit l'ouvrier. En attendant, vous devriez faire un tour du côté de la rivière. Il y a un joli barrage pas loin. Je suis sûr qu'il vous plaira. »

Il s'éloigna à lentes enjambées. Alice et Ned suivirent son conseil. Arrivés sur la rive, ils la longèrent en aval.

« Comme c'est beau ! s'écria Alice. Ce parc devait être enchanteur.

— Oui. C'est vraiment dommage de l'avoir supprimé ! » approuva Ned.

Ils s'arrêtèrent pour contempler les remous. Tout à coup, ils entendirent des pas derrière eux. Se retournant, ils eurent tout juste le temps d'entrevoir un géant qui ricanait en les regardant ; l'instant d'après, d'une poussée brutale de ses mains larges comme des battoirs, il les projetait en avant. Ils perdirent l'équilibre et basculèrent dans le vide.

Excellents nageurs tous deux, ils parvinrent à exécuter un plongeon parfait. Mais quand ils refirent surface, ils avaient déjà parcouru une bonne distance. Le courant les entraînait à toute vitesse ; impossible de regagner la rive !

« Le barrage n'est plus loin et la chute est terrible. Nous allons être pris dans le tourbillon ! » pensait Alice.

Ned tenta de la rejoindre. Il n'y parvint pas.

Quelques secondes plus tard, ils passaient par-dessus le barrage !

Ils retinrent leur souffle, bouche et narines fer-

mées, tandis que les eaux les emportaient, s'attendant à chaque instant à être lacérés par des roches. Par chance, ils les évitèrent. Ils eurent l'impression que leurs poumons éclataient puis, tout à coup, leurs têtes émergèrent hors de l'eau et ils aspirèrent l'air pur.

À une centaine de mètres plus loin, le courant s'apaisa et ils nagèrent jusqu'à la rive. Épuisés, ils se hissèrent sur l'herbe où ils restèrent étendus, incapables de bouger.

« Dieu soit loué ! Tu es saine et sauve, murmura Ned.

— Je suis heureuse que nous le soyons tous les deux, corrigea la jeune fille. J'avais une peur terrible que nous ne nous fracassions la tête sur les rochers ! »

Oui, ils avaient eu une chance incroyable ! Le temps était chaud, le soleil brillait, ils ne prirent même pas froid. Ils avaient perdu leurs chaussures et ressemblaient plus à des épaves qu'à des êtres humains. Alice tordit ses cheveux et ses vêtements.

« Costume de bain nouveau style, dit-elle en riant. Si tu te voyais, Ned !...

— Je n'oserais pas m'exhiber dans une compétition de natation en pareille tenue, fit-il. Alice, pourquoi cet homme nous a-t-il envoyés à une mort presque certaine ?

— Selon moi, il est à la solde du directeur de la société immobilière. Ce monsieur ne daigne pas se livrer lui-même à des agressions ou à des simulacres d'envoûtement, il préfère employer des individus comme ce géant, Doigts Agiles ou Merv Marvel. »

Une voiture de police approchait. Alice et Ned

lui firent signe. Elle s'arrêta, un jeune policier en descendit :

« C'est vous qui avez fait un plongeon près du barrage ? demanda-t-il.

— Oui, firent-ils, stupéfaits.

— Félicitations ! Vous nagez rudement bien, dit-il. Rares sont ceux qui peuvent se vanter d'avoir franchi vivants ce barrage.

— Comment avez-vous appris cet accident ? s'enquit Ned.

— Un jeune garçon est venu en courant nous avertir. Il a assisté à votre chute. »

Alice lui expliqua que Ned et elle étaient de passage sur le chantier où ils désiraient s'entretenir avec M. Milford.

« Pendant que nous regardions la rivière, une sorte de géant est survenu et nous a poussés dedans.

— Que dites-vous ? s'exclama le policier. À propos, étiez-vous venus en voiture ? »

Ned lui dit où ils l'avaient laissée. Le policier s'offrit de les ramener jusque-là. Aux abords du chantier, Alice s'écria soudain :

« Notre agresseur !... Là-bas !... Il s'enfuit ! »

Chapitre 18

Une arrestation mouvementée

Le policier recula et s'engagea sur la route par laquelle l'homme s'enfuyait. Celui-ci jeta un regard par-dessus son épaule. Se voyant poursuivi, il quitta la route et obliqua vers le chantier.

« Ne le laissons pas échapper ! » cria Alice.

Impossible de le suivre en voiture au milieu des travaux. Le policier freina, Alice bondit à terre, Ned et le policier en firent autant. La corpulence et la taille de l'agresseur le désavantageaient. Ils ne tardèrent pas à le rattraper. Le policier lui mit la main sur l'épaule.

« Qu'est-ce que cela signifie ? demanda le géant, indigné.

— Votre nom ?

— Nat Tinnford. Cela vous suffit ? »

Le policier se tourna vers Ned et Alice.

« Est-ce l'homme qui vous a poussés dans l'eau ?

— Oui, répondirent-ils.

— Ces jeunes gens auraient pu se noyer, dit

sévèrement le policier. Reconnaissez-vous les avoir agressés ? »

L'homme taillé en hercule prit un air buté.

« Je ne les ai jamais vus. Et puis de quoi parlez-vous ? Je n'ai poussé personne dans l'eau. »

Alice et Ned persistant à l'accuser, il déclara :

« Je ne me suis pas approché de la rivière cet après-midi. Je peux facilement le prouver. Il suffit d'interroger M. Milford. Tenez, le voici qui arrive. »

Le directeur de la société immobilière s'enquit de ce qui se passait. L'hercule prit un ton geignard pour répondre :

« Ces gens prétendent que je les ai fait tomber dans l'eau. Je suis innocent. Vous pouvez le leur confirmer, pas vrai, monsieur ?

— Bien entendu ! Vous étiez avec moi il y a quelques instants. »

À l'adresse du policier, il ajouta :

« Tinnford est un de mes meilleurs ouvriers. Je réponds de lui. »

Le policier promena son regard du patron à l'employé, puis il dit aux jeunes gens :

« Si cet homme affirme n'être pas coupable, en l'absence de témoins il n'existe aucune preuve contre lui. Que désirez-vous faire ? »

M. Milford dardait un regard courroucé sur Alice.

« Je vous conseille de laisser tomber cette stupide accusation », dit-il.

Alice crut déceler un double sens dans ces paroles — une menace qui pèserait sur elle si elle donnait suite à l'affaire.

Sans être le moins du monde impressionnée, elle eut recours à une ruse.

« Auriez-vous l'obligeance de nous accompagner à l'endroit d'où l'on nous a poussés ? dit-elle à M. Milford. Vous pourriez peut-être nous aider à découvrir le coupable ? »

Le directeur de la société et son hercule de manœuvre parurent décontenancés.

« Je n'ai pas de temps à perdre, se décida à répondre M. Milford, néanmoins je consens à vous accompagner. »

Légèrement intrigué, le policier n'eut pas la possibilité de demander à la jeune détective ce qu'elle avait en tête. Parvenus à la rive, Ned et le policier échangèrent un sourire. Dans le sol mou se détachaient de longues et profondes empreintes, provenant de toute évidence du type de bottes que portait le géant.

« Quand M. Tinnford courait, dit Alice, j'ai remarqué les dessins marqués en creux de ses semelles. Voyons si ce sont les mêmes que ceux de ces empreintes.

— Beaucoup de mes ouvriers portent des bottes semblables, s'empressa d'intervenir M. Milford. La similitude des dessins ne signifie rien.

— Vous vous trompez, je crois, coupa Ned. Ces bottes sont d'une taille anormalement grande. Et la profondeur des deux empreintes proches du bord indique que la personne qui se trouvait là a eu recours à toute sa force pour pousser un ou deux objets lourds dans l'eau. »

Le policier acquiesça. Il demanda aux jeunes gens s'ils désiraient porter plainte contre Tinnford.

« Certainement », répondit Ned.

Devant son insistance et celle d'Alice, le suspect fut emmené dans la voiture de police en dépit des protestations véhémentes de son employeur. Au commissariat, Alice et Ned firent leur déposition, la signèrent, puis repartirent.

En chemin, Ned éclata soudain de rire.

« Quand je suis en quête de distractions imprévues, que l'appel du danger se fait entendre, il me suffit de me promener avec toi ! »

Alice rit de bon cœur.

« Je suis persuadée que, pour un empire, tu n'aurais pas voulu manquer un divertissement aussi rare. Ce bain forcé comptera parmi tes meilleurs exploits sportifs.

— Possible. Je te serais toutefois reconnaissant de m'accorder une heure de repos avant de m'entraîner dans une autre aventure à faire dresser les cheveux sur la tête.

— Promis, répondit Alice sur le même ton. Dans ma bonté extrême j'irai même jusqu'à te concéder deux heures. »

Ils continuèrent à plaisanter tout au long de la route.

Quand elle les vit arriver, Sarah écarquilla les yeux et poussa un cri.

« Qu'est-ce que vous avez encore inventé ? balbutia-t-elle. En voilà une idée de vous baigner tout habillés !

— Ce n'est pas exactement une idée à nous », répliqua Ned en riant.

Il lui raconta l'agression dont ils avaient été victimes.

« Vous avez failli mourir, mes pauvres petits ! s'exclama Sarah, tout émue. J'espère que l'on gardera cet homme enfermé jusqu'à ce qu'il soit trop vieux et trop débile pour jeter les gens dans la rivière ! »

Sa véhémence fit sourire les deux jeunes gens. Comme elle était affectueuse avec eux ! Sa fidélité ne se démentait jamais. Elle tenait à Alice plus qu'à la prunelle de ses yeux. Pour la taquiner, Ned se déclara persuadé qu'on leur avait jeté un sort à tous deux.

« Tut ! Tut ! fit-elle en le menaçant du doigt. Ne te moque pas de moi, tu sais bien que je ne suis pas superstitieuse. Pourtant on le serait à moins. D'abord vous attrapez l'ornithose, une maladie pas comme les autres, ensuite un inconnu vous fait faire un plongeon dans la rivière... »

Ned poussa un soupir.

« Jamais deux sans trois. Quelle sera notre prochaine mésaventure ?

— Tâchez de faire mentir le dicton, grommela Sarah.

« Alice, on t'a téléphoné aujourd'hui, ajouta-t-elle en changeant de sujet. J'ai été priée de t'avertir que, demain matin, tu aurais une surprise. Inutile de me questionner. C'est tout ce que je suis autorisée à te dire. »

Les deux jeunes gens eurent beau faire, ils ne purent lui arracher un seul mot, tout juste un sourire malicieux.

Le lendemain, au milieu de la matinée, leur curiosité fut satisfaite. La sonnette de la porte d'entrée fit entendre un appel impérieux. Ils se précipitèrent à la porte où ils se trouvèrent nez à nez avec Bess, Marion et deux jeunes gens à l'allure sportive : Bob et Daniel, les meilleurs camarades de

Ned à l'université et danseurs attitrés des deux cousines.

« Que dites-vous de la surprise ? fit Bess. Nous vous amenons du renfort. À votre disposition, chef, pour toute mission.

— Comme je suis contente de vous voir ! » s'exclama Alice.

Ned embrassa Bess et Marion, et donna une grande claque sur l'épaule de ses amis.

M. Roy se déclara enchanté. Plus Alice aurait d'aide, plus vite l'affaire de M. Thurston serait réglée au mieux des intérêts de celui-ci. Toujours curieux d'aventures, Bob et Daniel ne se firent pas prier pour discuter avec leurs amis des différents aspects du mystère.

« J'aimerais que vous vous rendiez au siège de la société immobilière pour tenter d'y apprendre quelque chose, dit M. Roy. Il serait bon aussi que vous enquêtiez sur les divers chantiers mis en route ou projetés par M. Milford. J'en ai la liste. »

L'avocat conseilla aux garçons de se charger de la première mission. Pendant ce temps, Alice, Bess et Marion iraient visiter les immeubles en construction et se renseigneraient sur la manière dont les terrains avaient été achetés.

Les deux groupes se disposaient à partir quand le téléphone sonna. Alice alla répondre. Ses amies l'entendirent déclarer d'un ton sec :

« Inutile d'insister, monsieur. Au revoir. »

Elle raccrocha.

« Qui était-ce ? demanda son père.

— M. Milford. »

Il lui avait proposé une forte somme si elle retirait sa plainte contre Tinnford, et avait ajouté : « Si vous refusez, vous vous en repentirez toute votre vie, vous et votre ami ! »

« Ces menaces ne me font pas peur, dit-elle.

— À moi non plus, fit Ned. Cependant, il vaudra mieux que ce déplaisant personnage ne me voie pas quand nous irons au siège de sa société. »

Bob, qu'aucun employé de la société ne connaissait, prit le volant. M. Roy invita sa fille, Bess et Marion à ne pas commettre d'imprudence. Elles le lui promirent et montèrent dans le cabriolet d'Alice.

Elles ne relevèrent rien de suspect quant à la vente du premier terrain porté sur la liste remise par M. Roy. Les vendeurs s'étaient volontiers séparés de leurs propriétés et ne se plaignaient pas du prix qui leur en avait été offert.

Un autre chantier en perspective appartenait à une veuve qui hésitait à abandonner sa maison. On l'avait autorisée à y rester encore deux ans.

Les trois amies se rendirent ensuite à une maison de retraite pour femmes. L'accès du parc étant interdit aux voitures, Alice se gara devant les grilles.

Le portier leur demanda leurs noms et Alice dut indiquer le motif de sa visite. Il donna un bref coup de téléphone puis leur fit signe d'entrer.

Au bout d'une allée sinueuse, elles rencontrèrent une femme âgée, au visage plein de douceur, assise à l'ombre d'un chêne. Les jeunes filles lui adressèrent un sourire.

« Bonjour, dit-elle. Je m'appelle Mme Cartex. Désirez-vous voir quelqu'un ?

— Pas exactement, répondit Alice. Nous avons appris que l'on allait vendre cette propriété. Où vous relogerez-vous ? »

À cette question, des larmes coulèrent le long des joues parcheminées.

« Hélas ! Notre belle maison ! Quelle tristesse ! Un homme a racheté une hypothèque à la banque et a mis la main sur le terrain. Nous avons été invitées à partir. Je ne sais ce que nous allons devenir. »

Très émues, les trois amies exprimèrent leur sympathie à la vieille dame :

« L'acheteur ne s'appellerait-il pas M. Milford ? demanda Marion.

— Oui, en effet », répondit Mme Cartex.

Alice proposa aux deux cousines d'avoir un entretien avec la directrice et propriétaire de la maison de retraite, Mme Blank. Elles la trouvèrent dans un cabinet de travail joliment décoré. Mme Blank leur confirma ce qu'elles venaient d'apprendre de la bouche de Mme Cartex.

« Mes pensionnaires ont le cœur brisé, dit-elle.

— Une date a-t-elle été indiquée sur l'avis d'expulsion ? demanda Bess.

— Non, mais nous pouvons être mises à la porte d'un jour à l'autre », répondit Mme Blank.

L'appareil téléphonique posé sur une table résonna. Mme Blank prit le combiné. Son visage devint livide. Elle raccrocha et fondit en larmes.

« Veuillez m'excuser, dit-elle d'une voix entrecoupée. M. Milford vient de m'enjoindre de vider les lieux. Il ne nous accorde qu'un délai de quinze jours.

— Je voudrais tant vous aider à trouver une solution, fit Alice. Me permettez-vous de donner un coup de téléphone ? »

Mme Blank acquiesça d'un signe de tête.

Alice composa le numéro de son père. Elle lui expliqua brièvement la situation dramatique des pensionnaires de la maison de retraite.

« Je t'en prie, papa, essaie de faire quelque chose très vite ! »

Chapitre 19

Pris sur le fait

« Je vais m'occuper de faire suspendre immédiatement l'arrêté d'expulsion, promit M. Roy. De ton côté pourrais-tu passer chez les Thurston ? Je t'appellerai là-bas ! »

Alice réconforta Mme Blank, lui disant que sous peu elle lui communiquerait de bonnes nouvelles.

« En attendant, essayez de ne pas vous tourmenter », la supplia-t-elle.

Les trois amies dirent au revoir à la directrice, à Mme Cartex, toujours assise tristement sous le chêne, et remontèrent en voiture. Arrivées au zoo, elles sonnèrent à la porte de la maison de maître. Ne recevant aucune réponse, elles se regardèrent avec inquiétude : Mme Thurston serait-elle seule et plus souffrante ? Elles décidèrent d'entrer.

« Écoutez, dit Bess en s'arrêtant dans le vestibule. J'entends Mme Thurston marmonner...

— Bonjour, madame », cria Alice.

Pas de réponse. Elles allèrent jusqu'à la porte du salon. Tout au fond, Mme Thurston était assise dans son fauteuil roulant. Devant elle, sur une table, étaient posées une tasse et une soucoupe. La malade les examinait avec une intensité extraordinaire tout en se parlant à elle-même. Impossible de distinguer les mots qu'elle prononçait.

« Des feuilles de thé ? » hasarda Bess.

Alice se taisait, hésitant sur l'attitude à prendre. Elle craignait d'effrayer Mme Thurston, visiblement en état de transe. À sa vive surprise, la malade fit pivoter son fauteuil et leur sourit.

« Je savais que vous alliez venir, dit-elle. Les feuilles de thé m'en avaient avertie. »

Marion ouvrait la bouche pour répondre quand un regard sévère d'Alice lui imposa silence.

« Bonjour, madame, dit Alice. Comment vous sentez-vous aujourd'hui ?

— Pas bien, répondit comme toujours Mme Thurston. Pas bien du tout. Votre visite est ce qui m'est arrivé de plus agréable. »

Les jeunes filles la remercièrent et attendirent qu'elle continuât.

« Ce matin, Rausch est venu s'entretenir avec moi. Tout à coup, il a jeté un coup d'œil par la fenêtre ouverte, l'a enjambée et a disparu sans dire un mot. Vous n'ignorez pas que cela porte malheur. On ne doit jamais franchir une fenêtre. »

Cette remarque parut d'une telle drôlerie à Bess qu'elle pouffa.

« Surtout du second étage », dit-elle.

Alice et Marion rirent aussi de bon cœur, mais Mme Thurston prit un air offusqué.

« La fenêtre par laquelle Rausch est sorti n'est pas haute. Oh ! Nous avons trop de malheurs, Oscar et moi ! Et voilà que cet imprudent va nous en attirer d'autres ! »

Alice s'approcha de la malheureuse, lui posa une main apaisante sur l'épaule.

« Je vous en prie, madame, chassez ces tristes pensées. Je suis persuadée que nombre de vos prémonitions ne se sont jamais réalisées. »

Mme Thurston dut reconnaître que c'était exact. Ce qui ne l'empêcha pas d'énumérer les récentes épreuves qui les avaient frappés, son mari et elle.

Intriguée par le départ précipité de Rausch et par ce qu'il avait d'incorrect, Alice voulut en connaître la cause. S'excusant auprès de Mme Thurston, elle partit en direction des cages situées derrière la maison. Rausch était occupé à remplir d'eau les abreuvoirs des perroquets aux plumages multicolores, des cacatoès blancs, des perruches vertes à tête gris foncé.

« Bonjour ! lui cria-t-elle. Avez-vous eu un nouvel ennui ? »

L'homme leva la tête.

« Plutôt ! fit-il. Je suis arrivé juste à temps pour empêcher ces oiseaux de périr empoisonnés.

— Empoisonnés ! répéta Alice. Par qui ? »

Rausch l'ignorait, toutefois il soupçonnait le fameux Doigts Agiles.

« Pendant que je parlais avec Mme Thurston, dit-il, j'ai regardé machinalement par la fenêtre. J'ai vu un homme se glisser près de cette cage, tenant à la main un arrosoir à long bec avec lequel il versait un liquide foncé dans l'abreuvoir.

— C'est une infamie ! Êtes-vous bien sûr d'avoir pu vider le poison avant qu'aucun oiseau n'en ait absorbé ? »

Rausch fut affirmatif. Il avait agi avec une extrême promptitude.

« J'ai sauté par la fenêtre, couru jusqu'ici, saisi l'abreuvoir et jeté le liquide au loin. Ensuite je me suis lancé à la poursuite de ce misérable sans réussir à le rattraper.

— Sans doute avait-il une voiture garée à proximité, suggéra Alice. Je vais aller jeter un coup d'œil du côté de la route. »

Sortant une loupe de sa poche, elle se mit à la recherche d'empreintes ou autres indices. Au bout de quelques minutes, elle aperçut un paquet à demi caché sous un buisson. L'ayant ramassé, la jeune fille constata qu'il était fermé et ne comportait pas la moindre indication. Rien n'interdisait donc de l'ouvrir, d'autant plus que le contenu pouvait en être révélateur.

Alice le défit avec soin. Plusieurs liasses de billets de cent et cinq cents dollars apparurent. Au milieu, un paquet plus petit la laissa sans voix. Au lieu d'un nom et d'une adresse, une main inconnue avait tracé le signe maintenant familier : un cercle barré d'une croix !

Merv Marvel serait-il impliqué dans ce nouveau méfait et Doigts Agiles serait-il son complicc ?

Fébrilement, Alice ouvrit le petit paquet avec les mêmes précautions que le précédent et resta interloquée à la vue de pierres précieuses montées en bagues.

« Le produit d'un vol ? se dit-elle. Il faut que je prévienne tout de suite le commissariat. »

Elle partit au pas de course. Rausch n'était pas dans les parages, aussi ne put-elle lui faire part de sa trouvaille. Sans ralentir l'allure, elle fit irruption au salon où elle montra les bijoux à ses amies et à

Mme Thurston. Ensuite, elle téléphona au commissaire Pfeiffer.

Il fut stupéfait de ce nouvel incident. Alice poursuivit :

« Ne croyez-vous pas que la personne qui a perdu ce paquet vienne le rechercher ?

— C'est certain. J'envoie tout de suite mes hommes sur place. »

Il suggéra à la jeune détective de retourner à l'endroit où elle avait ramassé le paquet et d'y placer un autre paquet analogue, reconstitué avec le même papier.

« Avez-vous l'intention de rester à la ferme ? demanda-t-il.

— Oui, j'attends un coup de téléphone de mon père, mais... »

Elle marqua une hésitation avant d'achever :

« Mais... si vous n'y voyez pas d'inconvénients, j'aimerais assister à l'arrestation de Doigts Agiles ou de celui qui viendra chercher son butin.

— Non, dit fermement le commissaire. Dès que vous aurez fait ce dont nous sommes convenus, rentrez à la ferme, et si qui que ce soit se présente sous un prétexte ou un autre, retenez-le. Quand nous aurons arrêté le suspect, nous lancerons un coup de sifflet, alors vous pourrez sortir. »

Alice courut placer le paquet-piège près du buisson et revint à la maison. Quand elle eut transmis à Bess, Marion et Mme Thurston les instructions du commissaire, elle fut tout étonnée de constater que la malade manifestait le plus grand calme dans une situation aussi tendue.

Bess fit signe à son amie de la suivre à la cuisine où, très excitée, elle lui annonça une nouvelle surprenante.

« Nous avons réussi, Marion et moi, à guérir Mme Thurston de ses superstitions. »

Alice eut un sourire heureux.

« Mes félicitations. C'est une véritable prouesse. Nos visites répétées auront eu du moins un effet salutaire sur elle. »

Elles regagnèrent le salon. En effet, les deux cousines avaient accompli un miracle. Mme Thurston plaisantait, riait et semblait très excitée à la pensée qu'un voleur allait être arrêté sur leur propriété. Aucune crainte ne l'effleurait.

Un peu plus tard, Oscar revint et observa sa femme avec surprise.

« Ces jeunes filles sont une véritable bénédiction, lui dit-elle. Vois comme je suis changée. Je ne me tourmente plus à propos de tout et de rien ! »

Le visage de Thurston s'illumina ; il alla vers sa femme, l'embrassa avec une sorte de ferveur.

« Quel plaisir tu me fais ! » murmura-t-il.

Discrètement, les trois amies s'éclipsèrent. Elles s'affairèrent dans la cuisine à préparer un bon repas.

Ils le savouraient assis dans la salle à manger quand M. Roy téléphona.

« J'ai de bonnes nouvelles à t'annoncer, dit-il à Alice. J'ai pu obtenir la suspension de l'arrêté d'expulsion prononcé à l'encontre de Mme Blank.

— Hourra ! » s'écria Alice, transportée de joie.

Elle parla à son père du paquet marqué du symbole, et des soupçons formulés par Rausch. Il était convaincu que c'était Doigts Agiles qui avait tenté d'empoisonner les perroquets enfermés dans une des volières.

« Espérons que le voleur reviendra chercher ce qu'il a perdu et que la police réussira à l'épingler, déclara l'avocat. J'ai encore d'autres nouvelles à te communiquer : Ned m'a téléphoné. Bob, Daniel et lui ont déjà relevé plusieurs infractions commises par la société immobilière. Ils se sont entretenus avec divers employés et poursuivent leur enquête, décidés à faire la lumière sur les pratiques frauduleuses de ce peu recommandable M. Milford. »

Alice allait répondre quand un coup de sifflet strident déchira l'air.

« Papa, s'écria-t-elle, je n'ai pas le temps de te parler. Les policiers sont là. Ils ont sans doute capturé le voleur ! »

Elle reposa vivement le combiné et rejoignit ses deux amies. Suivies d'Oscar, elles se précipitèrent à toutes jambes vers l'endroit où Alice avait découvert le paquet.

Quatre sergents entouraient un homme : Doigts Agiles. Il protestait de son innocence et prétendait tout ignorer de ce paquet. Un citoyen honnête n'aurait-il donc plus le droit de se promener dans les champs sans être interpellé comme un coupable ?

Alice sortit de sa poche la preuve qu'elle avait gardée. Un des policiers reconnut des bijoux provenant d'un hold-up commis dans une joaillerie.

« Je ne les ai pas volés ! criait Doigts Agiles.

— Assez d'histoires ; suivez-nous », dit rudement le policier.

Le malfaiteur ne bougea pas. Il regardait fixement Alice. Soudain, comme un fou, il se mit à hurler :

« C'est vous qui êtes responsable de mes ennuis. On devrait vous enfermer pour vous empêcher de nuire. Vous n'êtes qu'une fauteuse de troubles ! Je vous hais ! »

Le policier l'empoigna solidement par le bras.

« Suffit ! Venez.

— Puis-je lui poser deux questions ? demanda Alice.

— Si vous voulez. Mais n'oubliez pas que rien ne l'oblige à vous répondre. C'est la loi.

— Que savez-vous du symbole représenté par un cercle barré d'une croix ? dit-elle. Et quels sont vos liens avec Merv Marvel ? »

L'homme baissa la tête, racla le sol de la pointe du pied sans desserrer les dents. Les policiers l'emmenèrent.

Le crépuscule tombait déjà quand Oscar rentra à la ferme en compagnie des jeunes filles. Mme Thurston avait allumé les lampes et les attendait avec une impatience compréhensible. Elle fut ravie d'apprendre l'arrestation du malfaiteur. Alice s'empressa de téléphoner à son père. Lui aussi se montra heureux de ce dénouement favorable.

« Si nous réussissions à mettre la main sur Merv Marvel, l'affaire serait définitivement réglée », dit Alice.

C'était l'avis de M. Roy. La jeune fille avait le pressentiment que le danseur viendrait faire un tour à la ferme ou dans ses parages.

« M. Milford pourrait fort bien lui donner l'ordre d'achever la besogne commencée par Doigts Agiles », conclut-elle.

Après avoir raccroché, elle répéta ces propos à Oscar. Il pria les trois amies de rester chez lui pour le cas où l'hypothèse d'Alice se vérifierait. Ensemble, ils allèrent remplir de graines les mangeoires des oiseaux. À son retour de l'université, Kammi apprit l'arrestation de Doigts Agiles.

« Oh ! Comme je suis contente ! fit-elle. A-t-il avoué le vol des oiseaux au muséum ?

— Non, répondit Alice. Il a gardé le plus complet mutisme sur ses méfaits, ou plutôt il les a niés. »

Il faisait complètement nuit. Bess déclara qu'il était grand temps de partir. De nouveau, Oscar insista pour qu'elles restent encore un peu. Alice commençait à ne plus tenir en place ; pour calmer sa nervosité, elle sortit faire un tour.

En approchant des volières, elle aperçut un homme grand, mince, qui se glissait furtivement vers une cage. Sans réfléchir elle courut à lui.

« Que faites-vous ici ? De quel droit avez-vous pénétré dans cette propriété privée ? » demanda-t-elle.

Il pivota sur lui-même, surpris.

« Qui êtes-vous ? » reprit Alice d'une voix ferme.

Un sourire étrange se dessina sur les lèvres de l'inconnu.

« Je m'appelle Merv Marvel », dit-il avec une feinte douceur.

Soudain, d'un bond il fut sur elle, la souleva dans ses bras, lui plaqua une main sur la bouche, et l'emporta à toute vitesse !

Chapitre 20

L'antre des sorciers

Alice se débattit de toutes ses forces, mais le beau danseur avait des muscles d'acier : il ne desserra pas son étreinte. À grandes enjambées souples, il fut bientôt loin de la ferme.

Enfin, il arriva au beau milieu d'un champ et laissa tomber sa proie, sans pour autant lui lâcher le bras.

« Petite vipère ! s'écria-t-il. Je vous conseille de cesser de lutter, parce que vous ne me quitterez plus. Je vais vous apprendre à danser ; vous me servirez de partenaire sur scène. »

Cette singulière déclaration effraya Alice. Devinant qu'il ne jouissait pas d'un parfait équilibre mental, elle pensa que ce serait peine perdue que d'essayer de raisonner avec lui.

« C'est bon, dit-elle. Je me rends. Retournons là-bas, maintenant.

— Ah ! non, protesta Merv. Nous allons danser, ma jolie. »

Que faire, sinon s'incliner. D'ailleurs, il appartenait au groupe qui utilisait le symbole du cercle et de la croix comme signe de ralliement. Si par chance il l'y introduisait, elle éluciderait du même coup le mystère.

« J'y consens, répondit-elle à mi-voix. J'aime beaucoup danser. Conduisez-moi à votre repaire. »

Merv Marvel lui lança un regard interrogateur.

« Quel repaire ? »

De la pointe du pied, Alice traça sur le sol un cercle barré d'une croix.

Merv parut décontenancé.

« Vous... vous êtes au courant ? »

Sans attendre sa réponse, il reprit :

« D'accord. Allons-y. »

La prenant par la main, il l'entraîna dans une valse lente dont il fredonnait la musique.

« À présent, sautons ! » dit-il.

Sans la lâcher, il attendit que le rythme se ralentisse, puis il la souleva en l'air. Ils semblèrent s'envoler tous deux.

« Vous êtes extraordinaire ! s'écria-t-il au comble de l'enthousiasme. Nous prierons le Grand Maître de nous organiser une représentation. »

Le cœur d'Alice marqua un temps d'arrêt. Elle se demanda brusquement si elle ne s'était pas placée dans une situation inextricable. Elle changea aussitôt de sujet.

« Jouez-vous parfois les fantômes dans votre association ?

— Non, qu'allez-vous imaginer ? »

Comprenant soudain toute la portée de cette question, il demanda :

« Comment savez-vous qu'il m'arrive de jouer les fantômes ? »

Elle lui raconta la peur qu'avaient eue la pauvre

Mme Thurston et les petits-enfants des Tablor, auxquels il avait réussi à faire croire à des choses plus folles les unes que les autres.

« Vous en savez un peu trop à mon goût, dit le danseur.

— Qui vous a payé pour les terroriser ? insista Alice.

— Vous le savez déjà et je n'ai plus l'intention de travailler pour lui. M. Milford est un homme malhonnête et lâche ; il incite les autres à commettre à sa place des actes vils.

— C'est vrai, il vous a engagés tous les deux, Doigts Agiles et vous ? »

Merv le reconnut, mais nia avoir fait autre chose que de se déguiser en spectre bondissant. Il accusa Doigts Agiles d'avoir volé le torcol au muséum et essayé d'effrayer Alice.

« Il s'est emparé d'autres objets précieux. C'est lui aussi qui a inoculé un virus aux oiseaux de M. Thurston.

— Et qui a endormi M. Thurston et Ned Nickerson avec du chloroforme », continua Alice à sa place.

De nouveau, Merv admit ces faits.

« Et ce n'est pas tout, déclara-t-il, décidément très bavard. Le fils de M. Cliff a agi sur la demande de M. Milford. Celui-ci l'avait chargé de vous harceler de toutes les manières possibles. Alors le gosse a lancé un chariot sur vous dans le supermarché et jeté de l'encre sur vos amies dans l'imprimerie du journal. Mais assez parlé. Dansons ! »

Alice s'exécuta. Tout en sautant et dansant, ils parcouraient du chemin. Bientôt, apparut une vieille grange faiblement éclairée. Merv l'y entraîna. Soudain, l'obscurité se fit, un silence absolu s'établit tout autour d'eux.

Merv s'arrêta, toujours sans lâcher la main d'Alice. Au bout de quelques minutes, une musique sauvage, plaintive s'éleva, accompagnant une étrange mélopée. La lumière revint.

Alice et Merv regardèrent à l'intérieur de la bâtisse. Les parois étaient décorées de masques africains et orientaux. Partout on retrouvait le symbole de la croix dans un cercle. Des hommes et des femmes aux allures bizarres dansaient lentement en se contorsionnant à la manière de serpents.

« C'est la danse du Diable, dit Merv. Entrons. »

Il la poussa vers un homme en sentinelle près du seuil. Il était grand, musclé, revêtu d'une armure du XVIe siècle dont le casque était remplacé par un turban surmonté d'une plume grise.

Prenant Alice par un poignet, il lui siffla à l'oreille :

« Nous allons vous changer en sorcière ! »

Les musiciens cessèrent de jouer.

« Le Grand Maître est prêt à accueillir de nouveaux membres ! » lui dit Merv.

Et il la poussa en avant.

Peu après l'enlèvement d'Alice, ses amis Ned, Bob et Daniel arrivaient à la ferme des Thurston. Ils trouvèrent ses occupants en proie à l'angoisse. Alice avait disparu ; une rapide recherche dans les alentours n'avait rien donné, la police venait d'être alertée.

Le commissaire en personne prit la direction des opérations, assisté de quatre policiers. L'obscurité régnait au-dehors. À l'aide de puissants projecteurs, ils découvrirent des empreintes. La distance entre chacune d'elles les confondit.

Bess et Marion se consultèrent. Le danseur de ballet serait-il venu sur la propriété ?

Marion courut téléphoner au théâtre où la troupe de ballet se produisait.

« Pourrais-je parler à Boris Borovski ? demanda-t-elle à la personne qui lui répondit. C'est urgent. »

Quand elle eut le danseur au bout du fil, elle lui expliqua la situation et les soupçons qu'elle nourrissait à l'encontre de Merv Marvel.

« Si notre hypothèse est bonne, auriez-vous une idée à ce sujet ? Où peut-il l'avoir emmenée ? »

Boris put simplement lui apprendre que Merv Marvel s'intéressait à tout ce qui touchait à la sorcellerie.

« Il est possible qu'il appartienne à une de ces sectes de prétendus sorciers qui foisonnent depuis quelque temps. Je serais heureux de vous apporter une aide plus efficace, malheureusement je ne sais rien de plus. J'espère que vous retrouverez Alice Roy. Elle est si charmante, ce serait terrible s'il lui arrivait malheur. »

Marion remercia Boris et rejoignit les autres à qui elle communiqua ce qu'elle venait d'apprendre. Hélas ! le commissaire et ses hommes n'avaient pas connaissance d'une association de sorciers dans la région. Ils se livreraient à une enquête, en attendant il fallait poursuivre les recherches.

Ned avait examiné avec soin le terrain. Il fit remarquer à ses compagnons qu'on ne distinguait aucune trace de pneus autres que celles du break d'Oscar.

« Le ravisseur est donc venu et reparti à pied. Le mieux serait peut-être de suivre la direction qu'il semble avoir prise. »

Torches orientées vers le sol, les policiers retrouvèrent les empreintes laissées par Alice et le danseur. Elles les amenèrent près de la vieille grange. Au moment où ils en approchaient, les lumières s'éteignirent.

Ils s'immobilisèrent, oreilles tendues. Tout à coup on entendit le hululement d'une chouette : signal de détresse utilisé en cas d'extrême danger par les trois amies et lancé cette fois par Alice.

« Elle est dans la grange ! » s'écria Bess.

Aussitôt les policiers braquèrent leurs projecteurs sur la bâtisse. Des gens vêtus de costumes fantastiques sortirent en courant par toutes les ouvertures et s'égaillèrent à travers champs.

« Alice ! Alice ! » appela Ned en courant vers la grange, les policiers sur ses talons.

Trois secondes plus tard, Alice apparaissait à l'entrée de la porte principale. À la vue de ses amis, elle se précipita et tomba dans les bras de Ned.

« Tu es sauvée ! » s'exclama-t-il tout heureux.

La jeune fille chercha des yeux le commissaire.

« Venez vite ! Il faut arrêter le Grand Maître. C'est un abominable escroc qui soutire de l'argent à de malheureux naïfs. Merv Marvel n'est qu'une de ses innombrables victimes. C'est un pauvre déséquilibré qui a besoin d'être soigné par un psychiatre. »

Épuisée, Alice se laissa entraîner par ses amis tandis que les policiers investissaient la grange. Lentement, Oscar et ses jeunes amis regagnèrent la ferme. Ils en franchissaient le seuil quand la sonnerie du téléphone retentit.

C'était M. Roy. Il avait réuni assez de preuves contre Ramsey Milford et ses associés pour les faire arrêter. Leurs manœuvres d'intimidation pour obliger les gens à se dessaisir à bas prix de leurs biens, leurs diverses escroqueries leur vaudraient une condamnation sévère.

« Non content de ces méfaits, ajouta-t-il, Milford dirigeait en outre une association de sorciers dont il escomptait un bon rapport. »

Tout heureuse de ces nouvelles, Alice lui fit un récit des derniers événements, puis Oscar demanda à parler à l'avocat.

« Vous nous feriez un grand plaisir en vous joignant à nous ce soir, dit-il. L'heureuse issue de cette affaire mérite une célébration. »

M. Roy accepta l'invitation.

En l'attendant, Bess et Marion se mirent à préparer un souper... aidées de Mme Thurston, miraculeusement rétablie. Gaie, alerte, elle plaisantait et riait avec elles.

Alice était montée se rafraîchir et se reposer de ses émotions. Les multiples rebondissements de cette enquête tournaient dans sa tête comme dans un kaléidoscope.

Tout à coup une pensée lui vint : le rôle joué par Kammi n'était pas élucidé.

Elle alla aussitôt la trouver dans sa chambre.

« Kammi, dit-elle, vous m'avez un jour promis de me raconter votre histoire. Consentiriez-vous à le faire maintenant ? Cela éclairerait certains points qui demeurent obscurs dans cette aventure. »

La jeune Eurasienne répondit par un sourire et la pria de s'asseoir sur le lit à côté d'elle.

« Dans mon pays, commença-t-elle, le torcol est un oiseau sacré. Jadis on s'en servait pour envoûter ceux qui conspiraient contre le roi. Mes ancêtres appartenaient à la famille royale et, bien que nous ne soyons plus gouvernés par des rois, nous avons toujours gardé un torcol près de nous. »

Elle raconta ensuite que, peu après son arrivée à l'université, elle avait fait la connaissance d'un jeune Américain.

« Je n'ai pas tardé à m'apercevoir qu'il ne se comportait pas en ami. Mais d'abord, je n'ai pas osé le lui dire. Il aimait jouer de mauvais tours aux autres. Enfin, prenant mon courage à deux mains, je lui ai dit que je ne désirais plus sortir avec lui. Alors il s'est mis à m'importuner de toutes les manières possibles.

« Un jour que nous étudiions dans la bibliothèque, il a tracé un symbole représentant une croix dans un cercle. Il trouvait cela très drôle, et par la suite n'a cessé de me plaisanter à ce sujet. Moi, je savais que ce signe portait malheur et je finissais par avoir peur.

— C'est sûrement lui qui a placé ce symbole sur la banquette avant de la voiture de Ned et parmi les feuilles de votre copie d'examen ?

— Oui. Et c'est encore lui qui a volé Petra, s'est emparé de ma bague et la lui a attachée sous l'aile.

— Lui avez-vous fait des reproches à ce sujet ?

— Bien entendu, dit Kammi, les yeux brillants de colère. Il m'a répondu qu'il était sûr que l'oiseau retournerait dans sa cage. Ce n'était pour lui qu'une plaisanterie... que je n'ai pas du tout appréciée.

— Kammi, dit Alice en l'embrassant, pardonnez-moi de vous avoir parfois soupçonnée. Je comprends pourquoi vous hésitiez à me raconter cette histoire. »

Les deux jeunes filles se levèrent, le sourire aux lèvres, et descendirent. M. Roy venait d'arriver. Ils savourèrent ensemble les sandwiches et gâteaux préparés par Mme Thurston et les deux cousines, dans une joyeuse atmosphère.

« Alice, dit M. Roy, j'allais oublier de te communiquer une nouvelle qui va te réjouir : les cinq conseillers de Harper ont décidé d'accorder le contrat de construction à une autre société à condition qu'elle adopte ton projet. »

S'adressant à M. Thurston, l'avocat ajouta :

« Cher monsieur, vous pourrez rester ici. Votre propriété ne sera pas amputée d'un seul mètre carré et nul ne pourra plus vous obliger à la vendre. »

Des applaudissements saluèrent ces paroles. Des larmes de joie coulaient sur les joues de Mme Thurston.

« Comment pourrons-nous... vous remercier ? » balbutia son mari au comble de l'émotion.

Voyant son embarras, Alice s'empressa de détourner la conversation.

« J'ai oublié de vous prévenir que le Grand Maître m'avait changée en sorcière, annonça-t-elle en riant. Dépêchez-vous de me désenvoûter, sinon vos ennuis vont recommencer ! »

Table

BIBLIOTHÈQUE VERTE

Composition ***Jouve*** — 53100 Mayenne

Imprimé en France par ***Partenaires-Livres***®
n° dépôt légal : 8851 — mars 2000
20.07.0370.5/01 ISBN : 2.01.200370.2

Loi n° 49-956 du 16 juillet 1949
sur les publications destinées à la jeunesse